Ferdinand Schmidt

Der Kaufmann von Venedig.

Macbeth.

Ferdinand Schmidt

Der Kaufmann von Venedig.
Macbeth.

ISBN/EAN: 9783743458277

Hergestellt in Europa, USA, Kanada, Australien, Japan

Cover: Foto ©Andreas Hilbeck / pixelio.de

Ferdinand Schmidt

Der Kaufmann von Venedig.

Der Kaufmann von Venedig.

Macbeth.

Zwei Erzählungen für Jung und Alt

von

Ferdinand Schmidt.

Illustrirt von G. Krickel.

Berlin.
Verlag von Erich Wallroth.
New-York: E. Steiger.

Der Kaufmann von Venedig.

1. Antonio.

In Venedig lebte ein reicher Kaufmann mit N. Antonio, der seiner Rechtschaffenheit und Wohlthätigkeit wegen bei Allen, die ihn kannten Ehren und Achtung stand. Eines Tages ging er einigen Freunden durch die Stadt und beklagte über eine ihm unerklärliche Traurigkeit, die sich se bemächtigt hatte.

Mir ist Eure Stimmung durchaus nicht unerklärlich, entgegnete Salarino. Ihr schweift mit Euren Gedanken auf dem Ocean umher, auf dem Eure Schiffe stolz dahin segeln. —

Wohl, fiel Solanio ein. Darin allein liegt der Grund Eurer Niedergeschlagenheit. Wahrlich, hatte ich so viel auf den Wogen, mein Herz wäre immer draußen.

In der That, nahm wieder Salarino das Wort, nicht eine Minute lang könnte ich glücklich sein, hätte ich, wie Ihr, mein Eigenthum auf dem Meere. Das beste Theil meines Herzens wäre in der Ferne. Bald dies, bald das würde mich an die Gefahren erinnern, denen es ausgesetzt ist! Wie oft würde ich über Landkarten liegen und nachsinnen, wo jetzt diese oder jene

ner Galeonen sein könnte; Bücher würde ich lesen,
in denen die Gefahren des Meeres geschildert werden.
Kühlte ich mit meinem Hauch meine Suppe, so ge-
dächte ich sicher mit Schauer der entsetzlichen Meeres-
stürme; keine Sanduhr vermöchte ich rinnen zu sehen,
ohne an Seichten und Sandbänke zu denken. Ja
einmal in der Kirche fände ich Ruhe. Der Anblick gewaltigen Steingebäudes würde augenblick-
lich Vorstellungen von gefährlichen Klippen des Meeres
in der Seele hervorrufen. Bedenke ich dies, so ist
klar, weshalb Antonio traurig ist.

Antonio schüttelte sein Haupt. — Ihr irrt, meine
Freunde, entgegnete er. Mein Glück ist weder einem
Schiffe, noch einem Orte anvertraut, auch hängt mein
ganzes Vermögen nicht an dem etwaigen Gewinn dieses Jahres.

Indessen sie so redeten, kam Antonio's Vetter
Bassanio mit Namen, daher; ihn begleiteten einige
Freunde. Sie nahmen Theil an dem Gespräch, und
Graziano sagte: Wahrlich, Antonio schauet zu trübe
d'rein. Wer sich mit der Welt zu viel zu schaffen
macht, verliert seinen frohen Sinn. Es ist unzweifel-
haft. Ihr habt Euch seit kurzer Zeit sehr verändert!

Wohl möglich! entgegnete Antonio. Mir erscheint
die Welt als eine Bühne, auf der ein Jeder seine
Rolle spielen muß, und meine ist — traurig!

Wisset Ihr, nahm Bassanio wieder das Wort,
wenn die Welt eine Bühne ist, so erwähle ich mir die
lustige Rolle des Narren. Mögen unter Tanz und
Lachen die Runzeln kommen! Wie, in unsern Jahren
sollten wir schon dasitzen wie der Großpapa, gehauen

in Stein! Alles trübe sehen? Die Gelbsucht uns an den Hals ärgern? Pfui! Laßt vielmehr uns muntern Sinnes sein, schwatzen, singen, lachen. Das Schweigen ist nur schön an — geräucherten Zungen.

Die Freunde empfahlen sich, nur Antonio und Bassanio blieben beisammen. Lasset uns nun, da wir die Schwätzer los und allein sind, Eure Sache besprechen, sagte Antonio. Ihr wünscht eine reiche schöne Erbin zu freien. War es nicht so, Vetter? Sagt mir das Nähere.

Euch ist es bekannt, entgegnete Bassanio, daß ich durch Unbedachtsamkeit um mein Vermögen kam. Es stehet aber noch schlimmer mit mir, als Ihr bisher gewußt habt. Meine Hauptsorge geht jetzt dahin, meinen Gläubigern gerecht zu werden. Um dies zu können, habe ich einen Plan gefaßt, zu dessen Ausführung ich aber ohne Eure Hilfe nicht schreiten kann.

Sagt mir, Vetter, was Ihr vorhabt, sprach Antonio. Ihr kennt mich und wisset, daß, wenn es sich um etwas Ehrenhaftes handelt, ich Euch gern mit Rath und That zur Seite stehe.

Bassanio fuhr fort: So höret mich denn. — Als ich Knabe war, geschah es bisweilen, daß ich einen Bolzen verschoß; dann wagte ich einen zweiten Bolzen daran, den ich von derselben Stelle aus und in derselben Richtung dem verlorenen nachsandte. Ich merkte besser auf, und fand dann gewöhnlich beide Geschosse. Sehet, dies führe ich Euch an, weil das, was ich vorhabe, ihm gleicht. Ihr habt mir viel geliehen, und ich verlor es, wie einst die unaufmerksamen Sinnes verschossenen Bolzen. Wenn Eure Güte noch einen Bolzen anwenden wollte, ich brächte ihn und die früher verschossenen zurück.

Antonio forderte den Vetter auf, ohne weiteren Umschweif auf die Sache zu kommen, worauf Letzterer also fortfuhr:

Daß es sich um eine junge, schöne, reiche und tugendsame Dame handelt, wißt Ihr schon. Sie wohnt in Belmont und heißt Portia. Vor Jahr und Tag, als ihr Vater noch lebte, war ich dort, und es schien, als ob sie mich vor Andern auszeichnete. Jetzt wird sie von Freiern umschwärmt. Könnte ich mich unter diese mischen, so zweifle ich nicht, sie würde mein. Doch um die Reise machen und standesgemäß auftreten zu können, müßte ich eben eine Summe Geldes haben.

Darum handelt es sich? entgegnete Antonio. Nun, das hättet Ihr kurz sagen können, Vetter. All' mein Eigenthum ist zwar auf dem Meere, doch wird sich ja wohl Jemand finden lassen, der mir gegen Bürgschaft eine Summe leihet. Thut Euch sogleich um darnach, Bassanio, und kommt zu mir, sobald Ihr mit Jemand einig geworden seid.

Damit trennten sich Beide.

2. Portia.

Das Fräulein Portia in Belmont war in der That so reich, schön und liebenswerth, wie Bassanio sie geschildert hatte. Es war so eben eine Freundin zum Besuch bei ihr erschienen, gegen die sie ihr Bedauern über eine Klausel in dem zurückgelassenen Testamente ihres verstorbenen Vaters aussprach. Der alte brave Herr hatte wegen ihrer Verheirathung eine sonderbare Bestimmung getroffen. Wer von den Freiern von drei Kästchen, einem goldenen, einem silbernen und einem bleiernen, den rechten wähle, den sollte sie — so hieß es im Testamente — ohne Verzug zum Gemahl nehmen. Daß sie ihre Neigung nicht fragen dürfe und somit möglicher Weise an einen Mann gefesselt werden könne, der ihr ein Abscheu sei, das war es, was sie beklagte.

Die Freundin, Nerissa mit Namen, suchte sie zu trösten und sagte, es werde des Vaters Bestimmung doch wohl noch zum Segen für sie ausschlagen. Dann fragte sie nach einzelnen Freiern, zuerst nach dem neapolitanischen Prinzen.

Das ist ein wildes Füllen, antwortete Portia. Er weiß von nichts zu reden, als von seinen Pferden, und — denke nur! — er ist stolz darauf, daß er sie eigenhändig beschlagen kann! —

Aber der Pfalzgraf?

Geh' mir doch mit diesem stirnrunzelnden Grafen! Er kann die lustigsten Geschichten hören, ohne auch nur eine Miene zu verziehen. Lieber möchte ich mit einem Todtenkopfe, dem ein Knochen im Munde steckt, verheirathet sein, als mit diesem!

Was sagst Du aber zu dem französischen Herrn Monsieur le Bon?

Nun, er giebt menschliche Töne von sich, sonst hielt ich ihn für einen Affen in bunten Kleidern.

Was hältst Du von dem Engländer, dem Baron Faulconbridge?

Auch diesen mag ich nicht. Er spricht weder lateinisch, noch französisch, noch italienisch, ich aber verstehe seine Muttersprache nicht. Und wie seltsam er sich kleidet! Ich glaube, in jedem Lande, das er auf seinen Reisen berührte, kaufte er ein Stück seines Anzuges.

Da ist nun noch der Deutsche, des Herzogs von Sachsen Neffe. Wie gefällt Euch dieser?

Schlecht des Morgens, wenn er nüchtern, und abscheulich des Nachmittags, wenn er betrunken ist. Sollte er sich zur Wahl anschicken, so bitte ich Dich, setze auf eines der beiden falschen Kästchen einer Humpen Rheinwein. Der zieht ihn an, und er wählt dann sicherlich nicht nach seinen, sondern nach unsern Wünschen.

Du bist eine Männerfeindin, sagte Nerissa.

Nicht doch, entgegnete Portia. Ich will dir Jemand nennen, der mir als ein Bild edler Männlichkeit erschien. Bassanio ist sein Name, Venedig seine

Heimath. Vor Jahr und Tag war er hier, und Du sahest ihn auch in diesem Hause. Käme doch auch er zur Wahl und begünstigte ihn das Geschick! — Doch er gedenkt meiner wohl nicht mehr, ja er ist vielleicht längst vermählt.

Da lachte Nerissa schelmisch. Befragt über den Grund des Lachens, gestand sie der Freundin, daß sie sicher wisse, Bassanio sei nicht nur nicht vermählt, sondern er rüste sich bereits zur Reise nach Belmont, um hier sein Glück zu versuchen. Portia gerieth über diese Nachricht in große Freude.

3. Shylock.

Bassanio war indeß, wie wir wissen, eben dabei, Jemand ausfindig zu machen, der auf Rechnung Antonio's das Geld vorschoß. Da gedachte er eines reichen Juden, Namens Shylock. Sogleich machte er sich auf den Weg zu ihm und traf zufällig auf dem Markte mit ihm zusammen. Er trug ihm seine Sache vor und bat ihn um ein Dahrlehn von dreitausend Dukaten auf drei Monate, wofür Antonio Bürge sein wolle.

Shylock zupfte sich an dem Bart, wiegte sein Haupt hin und her, fragte zum öftern nach der Zeit, nach der Summe und nach dem Bürgen, und sagte endlich, indem er die Achseln zuckte:

Nu, was soll ich sagen? Antonio ist doch ein guter Mann!

Habt ihr je das Gegentheil davon gehört? fragte Bassanio.

Hab' ich das gesagt? entgegnete Shylock. Doch versteht mich wohl! Wenn ich sage, Antonio ist ein guter Mann, so meine ich, es ist ein reicher Mann. Indeß — sein Hab' und Gut stehet auf Hoffnung. Ein Schiff geht auf Tripolis, eins nach Indien. Ich vernahm ferner, daß er ein drittes Schiff zu Mexico hat und ein viertes nach England geht. Nun, so müßt ihr selbst sagen, daß sein Glück schwimmt auf dem Meere, wo es giebt Stürme und Wellen und Korsaren. Hab' ich recht? He? und doch — der Mann ist vermögend, so daß ich denke, ich werde auf dreitausend Dukaten annehmen können seine Bürgschaft. Aber versichert will ich sein, und sprechen will ich den Antonio.

Ich lade Euch ein, bei uns zu speisen, wobei das Nähere abgemacht werden kann, sagte Bassanio.

Ich bei Euch speisen? Schinken bei Euch riechen? entgegnete Shylock. Ich danke Euch schön, mein Herr: Ich will mit Euch handeln und wandeln, will mit Euch gehen und stehen, aber ich will nicht mit Euch essen und trinken.

Sehet, rief Bassanio, dort geht Antonio. Bleibt stehen, ich hole ihn herbei:

Indem das geschah, sprach Shylock ingrimmig vor sich hin:

Gleicht er doch ganz einem falschen Zöllner! Ich haß' ihn schon, weil er ist ein Christ, mehr aber noch, weil der Narr Geld umsonst ausleiht und damit hier in Venedig den Zins herunterbringt. Kann ich ihm einmal ankommen, ha, er soll's empfinden! Haßt er nicht mein heilig Volk? Hat er mich nicht oft einen Wucherer geschimpft? Fluch treffe mich und meinen Stamm, so ich ihm dies verzeihe!

Antonio war indeß herzugekommen, und Shylock empfing ihn mit freundlichem Gesichte und mit tiefen Verbeugungen, indem er sagte:

Wie geht es Euch mein werther Herr? — Wir, Euer Freund und ich, sprachen soeben von Euer Edlen.

Er hat mir gesagt Euren Wunsch. Dreitausend Dukaten! — Wie mach ich's? Ich hab' das Geld nicht baar. Doch Tubal, ein wohlbegüterter Hebräer, schießt mir's wohl vor. So will ich sehen, daß ich's machen kann.

Wie wohl es nicht meine Art ist, sprach Antonio, zu leihen und zu borgen, um Zinsen zu geben oder zu nehmen — diesmal, da mein Freund des Geldes dringend benöthigt ist, will ich eine Ausnahme machen.

Shylock murmelte unverständliche Worte in seinen Bart, dann sprach er:

Jakob, unser heiliger Erzvater, hat er nicht auch genommen Zinsen? He?

Zinsen? Das ist nicht wahr, entgegnete Antonio.

Nu, fuhr Shylock fort, Zinsen, so was man heut zu Tage Zinsen nennt, waren es freilich nicht. Doch Ihr werdet Euch erinnern der Geschichte mit den weißen und gefleckten Lämmern. Wußte er's nicht zu schaffen, daß ihm ein großer Vortheil zufiel? Nun sehet, das war sein Zins. Und so hat unser heiliger Vater Jakob uns gelehrt, daß wir auf Gewinn ausgehen können, und daß Gewinn Segen ist, wenn man ihn nicht stiehlt.

Vetter, sagte Antonio, höret, wie der Teufel sich auf die Schrift beruft! Wie doch das Laster allezeit danach strebt, seine Außenseite glänzend darzustellen! Nun sagt es kurz: Wollet ihr mir die dreitausend Dukaten leihen?

Shylock erwiederte: Lasset Euch einmal ein Wort sagen, Antonio. Ihr werdet Euch erinnern, wie oftmals Ihr mich wegen meiner Gelder und wegen meiner Zinsen auf dem Rialto geschmäht habt. Ich hab's mit geduldigem Achselzucken ertragen — ist doch einmal Dulden unsers Stammes Erbtheil. Einen verworfenen Hund habt ihr mich gescholten, auf meinen Mantel habt ihr gespieen. Und weshalb? Weil ich Zins nahm, weil ich verwerthete, was mein war. Und was geschieht nun? Jetzt kommt Ihr zu dem, den Ihr habt gestoßen mit dem Fuß, dem Ihr habt gespieen auf seinen Bart, und sagt: Shylock, wir möchten haben Geld! Müßt' ich Euch nun nicht entgegnen: He, hat ein Hund Geld? Kann ein Spitz verleihen dreitausend Dukaten? Oder meint Ihr, ich solle mich neigen und machen einen spitzen, süßen Mund und sprechen mit flötender Stimme: Lieber, schöner Herr, am letzten Mittwoch habt Ihr mich angespieen, am Donnerstag habt Ihr mich gestoßen, am Freitag nanntet Ihr mich einen Hund. Für alle diese Artigkeiten mache ich mir die Ehre und Freude, Euch zu leihen, was Ihr fordert, dreitausend Dukaten!

Wahrlich, entgegnete Antonio in aufwallendem Zorn, es fehlt nur wenig, so speie ich Dich wieder an, ja trete Dich mit Füßen! Mach' es jetzt kurz! Willst du mir Geld leihen, so betrachte mich nicht als Freund, sondern als Deinen Feind, und fordere hohe Zinsen von mir.

Ho, ho, wie das stürmt! rief Shylock. Ich mein' es liebreich, ich hab' Gutes im Sinn für Euch, ich will vergessen das angethane Leid, und Ihr brauf auf. Wißt Ihr, ich hab' im Sinn, nicht einen Hell von Euch zu nehmen! Ihr seht mich an und meies sei nicht wahr. So laßt uns sogleich zum Notarius gehen und die Schuldverschreibung aufzeichnen. Aber — nur so zum Spaß — soll d'rein geschrieben stehen: Wenn Ihr mir an dem und dem Tag und an dem und dem Ort die Summe nicht zahlt, so soll ich haben das Recht, Euch ein volles Pfund von Eurem Fleisch ausschneiden zu dürfen, und zwar aus welchem Theil Eures Leibes es mir beliebt. 'S ist ein Spaß: ich will doch statt der Zinsbestimmung etwas d'rein geschrieben haben. —

Antonio sagte, er sei bereit, einen derartigen Vertrag abzuschließen, Bassanio erklärte jedoch, unter solchen Bedingungen das Geld nicht annehmen zu wollen.

Fürchte nicht, entgegnete Antonio, daß ich dem Juden verfallen könnte! Schon in zwei Monaten, ja schon in einem Monate habe ich dem liebreichen Juden das Geld zurückgestellt.

Ueber die Christen! rief Shylock. Sie erkennen mein Gutmeinen noch nicht! Sagt mir doch, was ich mache mit einem Pfund Fleisch von dem Antonio? Kann ich's gebrauchen wie Fleisch von Ochsen, Hammeln oder Ziegen? Ich will nur blos machen einen Spaß und biete ihm das Geld an für nichts zu leihen, und doch mißtrauet Ihr mir! Gut, so gehet, lebet wohl, und lasset mich in Frieden!

Schaffe nur das Geld, ich zeichne den Schein.

Es wurde nun das Nähere verabredet und die Sache in's Werk gesetzt.

4. Die beiden Prinzen.

Wer die Wahl unter den Kästchen in Portia's Hause vornehmen wollte, mußte nach den Bestimmungen des Testaments vorher einen feierlichen Eid ablegen, daß, im Fall er das rechte Kästchen nicht treffe, also das Fräulein nicht gewinne, er unvermählt bleiben wolle. Diese Klausel hatte die Freier, die bis jetzt erschienen waren, zurückgeschreckt, so daß sie, ohne zu wählen, wieder hinweg gezogen waren.

Heute hatte sich ein Prinz von Marocco anmelden lassen. Im feierlichen Aufzuge, angethan mit herrlichen Kleidern, erschien er vor dem Palaste Portia's. In einem schönen Saale empfing sie ihn. Nachdem er das Fräulein ehrerbietig begrüßt hatte, begann er:

Edles Fräulein, verschmäht mich nicht um meiner Farbe willen: Glaubet mir, Helden schon erschreckte dies Angesicht! Und schwören will ich, daß die Jungfrauen meines Landes mich nicht ungern sehen!

Ihr wisset es, entgegnete Portia, welche Forderung an meine Freier gestellt worden ist. Seid Ihr bereit zu schwören, daß Ihr unvermählt bleiben wollet, wenn Ihr das rechte Kästchen nicht trefft, wie auch, daß Ihr in diesem Falle Keinem es sagen wollet, welches Kästchen Ihr wähltet, so mag das Glück entscheiden!

Funkelnden Auges rief der Prinz: Bei diesem

Säbel, der den Perserprinzen Sophie schlug, der den Sultan Soliman dreimal besiegte, ich wollte lieber kämpfen um Euch, meine Königin, als solcher Wahl mich unterziehen: Den kühnsten Helden wollte ich entgegentreten, der Bärin die Jungen von den Brüsten reißen, den hungrigen Löwen reizen — Alles dies, Euch zu gewinnen! Doch da jener Eid verlangt wird, so will ich ihn ablegen.

Der Prinz ward hierauf in den Tempel geführt, wo ihm der Schwur abgenommen ward. Darnach kehrte er zurück in den Saal. Auf ein Zeichen, das Portia gab, ward ein seidener Vorhang zurückgezogen, und der Prinz erblickte auf einem Marmortische drei Kästchen.

Sich dem Tische nahend, redete er also:

Drei Kästchen seh' ich. Eins ist von Gold, eins von Silber, eins von Blei. Auf dem ersten Kästchen steht:

Wer mich erwählt, gewinnt, was mancher Mann begehrt.

Der Spruch auf dem silbernen Kasten lautet:

Wer mich wählt, erlangt, was er verdient.

Auf dem schlechten Bleikasten aber steht geschrieben:

Wer mich erwählt, der giebt und wagt sein Alles d'ran.

Eines dieser Kästchen enthält mein Bildniß, sagte Portia. Wählet ihr dies, so bin ich Euer.

So möge ein günstiges Geschick meine Wahl leiten! rief der Prinz. Noch einmal laßt mich die Sprüche überlesen und mich in ihren Sinn versenken! Was sagt dies Kästchen von Blei? — Für Blei sollt ich mein Alles wagen? Nein, nimmermehr! Wie lautet der zweite Spruch? Wer mich wählt, erhält, was er verdient. Ha, das paßt für mich. Geburt, Erziehung, Gaben, Glück haben mich bis dahin erhoben, daß ich sagen kann, ich verdiene das Fräulein. Ich denke, ich wähle hier. Doch einen Blick will ich noch auf den goldenen Kasten werfen. Wer mich erwählt, gewinnt, was mancher Mann begehrt. Das ist's! Begehren nicht Freier aus allen Himmelsgegenden das Kleinod der Frauen? Und könnte ihr Bildniß auch anders, als in Gold eingefaßt sein! Wohlan, ich wag's. Gebt mir den Schlüssel, edles Fräulein.

Als der Prinz den goldenen Kasten geöffnet hatte, stand er einige Augenblicke wie erstarrt. Weh' rief er, ein Todtenkopf grinzt mich an! Und was sagt der Zettel, den er auf der Stirn trägt?

<blockquote>
Alles ist nicht Gold, was gleißt,
Wie man oft Euch unterweis't;
Manchen in Gefahr es reißt.
Was mein äuß'rer Sinn verheißt:
Gold'nes Grab hegt Würmer meist.
Wäret ihr so weis' als dreist,
Jung an Gliedern, alt an Geist,
So würdet ihr nicht abgespeist
Mit der Antwort: Geh't und reis't!
</blockquote>

Fräulein, lebet wohl! Nach solcher Antwort ziemt es sich, schnell hinweg zu eilen!

Mit diesen Worten verließ der Prinz den Saal, Portia aber fühlte sich so glücklich, wie Jemand, der einer offenbaren Lebensgefahr entronnen ist.

Jedoch dauerte ihre frohe Stimmung nicht lange, denn es meldete sich ein neuer Freier, der ihr eben so zuwider war, als der Prinz von Marocco. Der Prinz von Aragon war es, der sich dem Wagestücke unterziehen wollte. Er legte den Eid ab, und wurde dann in den Saal geführt, wo Portia ihn auf die Kästchen verwies.

Glück, sei mir hold! sprach der Prinz, indem er sich dem Marmortische näherte. Was sehe ich? Gold, Silber, Blei. Mein Alles daran wagen? Nein, Blei, dazu bist du zu schlecht. Und auf dem goldnen Kasten: — Was mancher Mann — — Hm! Mancher? Das zielt auf die große Menge gemeiner Seelen. Weg damit! Silber, was redest Du? Wer mich wählt, erlangt, was er verdient. Hab' ich nicht rühmlich stets nach Würden und Ehren getrachtet und sie auch erworben? Ja, darum behaupte ich kühnlich, ich verdiene es, die holdselige Portia heimzuführen. Edles Fräulein, reicht mir den silbernen Schlüssel!

Als der Prinz den Kasten geöffnet hatte, fuhr er erschreckt zurück. Was seh' ich? rief er. Das Bild eines Gecken, der mir einen Zettel reicht.

Laß sehen, was auf ihm geschrieben steht!

  Siebenmal in Feu'r geklärt
  Ward dies Silber: so bewährt
  Ist ein Sinn, den nichts bethört.
  Mancher achtet Schatten werth,
  Dem ist Schattentheil bescheert.
  Mancher Narr in Silber fährt,
  So auch dieser, der Euch lehrt.

Jede Minute, die ich hier verbringe, o Fräulein, fuhr er fort, verdoppelt meine Schmach! Lebet wohl! — Damit eilte auch er hinweg, und Portia sah sich wieder erlöst von einem ihrer widerwärtigen Freier.

Kaum hatte derselbe den Saal verlassen, so meldete der Diener einen neuen Freier an. Es war — Bassanio. Portia und Nerissa eilten ihm froh entgegen.

5. Shylock's Tochter.

Shylock hatte eine Tochter, Jessika mit Namen, die sich von einem Christen entführen ließ und einen großen Theil der Schätze des Vaters mitnahm. Diese Nachricht hatte Salanio, einer der Freunde Antonio's, eben auf dem Rialto erfahren. Auf dem Heimwege traf er seinen Freund Salarino, dem er das Geschehene mittheilte. Nie, sagte er, vernahm ich heftigere Zornausbrücke, als die Shylock's über seine gottlose Tochter. Ja, gottlos ist sie, aber wäre es nicht fast wie ein Wunder, wenn ein Shylock eine fromme Tochter hätte? Weh, weh, rief er, meine Dukaten! Gerichte schafft mir die Tochter und die Dukaten! Ein Sack, zwei Säcke, gesiegelte Säcke voll, ganz voll von Dukaten, weh, von doppelten Dukaten, die mir gestohlen hat die eigene Tochter! Und zwei Edelsteine, reiche, köstliche Steine — auch gestohlen, weh! Gerichte schafft mir das Mädchen und die Steine und die Dukaten! — So rief er und ein Schwarm von Gassenbuben folgte ihm nach, schreiend: Schafft mir die Tochter, schafft mir die Steine, schafft mir die Dukaten! — Nun aber etwas Anderes. Denket nur, der brave Antonio hat ein Schiff eingebüßt.

Das ist hart! entgegnete Salarino; gebe der Himmel, daß wir nicht baldigst sagen müssen: Ein Unglück kommt selten allein! Antonio hat das bravste Herz von der Welt. Hat jetzt selbst nichts baar zu liegen und geht in Bürgschaft um eine so große Summe und noch dazu dem hartgesottenen Sünder Shylock gegenüber. Sehet, wenn man von dem Wolfe spricht, so kommt er! He, Shylock, was giebt's Neues?

Was fragt Ihr mich, entgegnete Shylock, Ihr, die Ihr auch gewußt habt um die Flucht meiner Tochter und die Ihr Euch weidet an meinem Elende?

Salanio und Salarino lachten, und Letzterer sagte: Wie Socrates vergebens nach einem Menschen suchte, so möchtest Du wohl vergebens nach einem Mitleidigen suchen. — Aber das meine nicht, daß wir auf der Seite einer pflichtvergessenen Tochter stehen und ihre Unthat wohl gar unterstützt hätten. Doch wie steht es mit Antonio? Bewährt sich die Nachricht von seinem Verluste?

Nur zu sehr! Nur zu sehr! entgegnete Shylock. Ha, der Bankerottirer, der Verschwender, der Bettler, der sich darf nicht sehen lassen mehr auf dem Rialto! Hat er doch geliehen Geld aus christlicher Liebe! Und nu? Er sehe sich vor mit seinem Schein!

Salarino sagte: Nun, von deinem Scheine würdest Du ja doch keinen Gebrauch machen. Ein Pfund von seinem Fleische? Wozu nützte Dir das?

Nu? Nützte? Und wenn es mir dazu nützte, Fische damit zu fangen, was kümmerte es Euch? Würde kein menschlicher Magen davon satt. Entehrt hat er mich, zu gewinnen eine halbe Million, gelacht hat er, wenn ich hatte schwere Verluste, meine Gewinnste hat er verspottet, mein Volk verhöhnt, gestört meine Geschäfte, meine Freunde mir abgewandt, meine Feinde gehetzt. Und warum? Weil ich bin ein Jude! — Das war sein Grund! Ist ein Jude nicht so gut ein Mensch, wie er? Hat ein Jude nicht Hände, Beine, Sinne, Neigungen, Leidenschaften, wie ein Christ? Nähren ihn nicht dieselben Speisen, ist er nicht denselben Krankheiten unterworfen, heilen ihn nicht dieselben Mittel? He? Erwärmt ihn nicht der Sommer, erkältet ihn nicht der Winter, wie einen Christen? Wenn Ihr uns stechet, so bluten wir, kitzelt Ihr uns, so lachen wir, vergiftet Ihr uns, so sterben wir. Nu, und wenn Ihr uns beleidigt, sollen wir uns nicht rächen? Gleichen wir Euch in allen Dingen, so wollen wir Euch auch darin gleichen. Beleidigt ein Jude einen Christen, was ist seine Demuth? Rache. Wenn ein Christ einem Juden Unrecht thut, was muß dieser also thun nach christlichem Vorbilde? Rache ausüben. Sehet, so will ich sein Euer Schüler, ja ich will meine Meister vielleicht noch übertreffen!

Ein Diener kam herbei, der die beiden Freunde zu Antonio rief.

6. Tubal.

Shylock hatte einen Glaubensgenossen, Namens Tubal, seiner ungerathenen Tochter nach Genua nachgesandt, um, wenn er es vermöchte, sie mit Hilfe von Gerichtsdienern festzunehmen. Tubal war unverrichteter Sache wieder zurückgekehrt und erschien jetzt bei Shylock.

Guter Tubal, rief ihm dieser entgegen, guter Tubal, hast Du gefunden die Jessika?

Tubal verneinte es. Vergebens habe er, fügte er hinzu, die größte Mühe verwandt.

Weh geschrieen! rief Shylock. Einen Edelstein nahm sie mir mit, der mich gekostet hat zweitausend Dukaten in Frankfurt. Ha, jetzt erst fühle ich, daß gekommen ist ein Fluch über mein Volk. Zweitausend Dukaten, dieser eine Stein! Sie hat mir noch mehr geraubt von köstlichen Juwelen! Ha, daß sie doch todt läge zu meinen Füßen, und ich sehe die Juwelen in ihren Ohren! Möchte sie sein eingesargt und hätte den Beutel Dukaten in der Hand! Also all' deine Mühe vergebens, Tubal? Das Nachsetzen wird noch kosten viel, viel. Guter Tubal, das ist hart, was ich zu leiden hab'! Verluste über Verluste. Hätte ich sie, hätte ich ihn, den Dieb, mit dem sie davonging! Aber bei so viel Unglück keine Genugthuung, keine Rache? Tubal, Tubal, das zerreißt das Herz!

Schlimm ist's, ja, entgegnete Tubal, aber Ihr solltet doch nicht verzagen, sondern bedenken, daß auch haben andere Leute Unglück. Von Antonio dem Kaufmann hier, vernahm ich in Genua —

Was, was? Was vernahmst du? Ist ihm geschehen ein Unglück? Sag's heraus, schnell!

Ein Schiff ist ihm gegangen verloren, das von Tripolts kam.

Verloren? Mit Mann und Maus verloren? Gott sei gedankt! Gott sei gedankt! Aber Tubal, lieber Tubal, ist's auch sicher?

So sicher, als es sicher ist, daß ich vor Euch stehe. Habe ich's doch aus dem Munde eines Matrosen, der sich gerettet aus dem Schiffbruch.

Gut, gut, Tubal, ich glaub's. Wo vernahmst Du es doch? In Genua?

Shylock, denkt einmal, Eure Tochter hat in Genua an einem Abende verthan achtzig Dukaten!

Weh, Tubal, Du giebst mir einen Stich mitten durch's Herz! Achtzig Dukaten an einem Abende. Weh, sie sind hin, ich sehe sie nicht wieder! Achtzig Dukaten!

Mehrere von den Gläubigern Antonio's sind mit mir hierher nach Venedig gereist. Und wißt Ihr, was sie sagen? Sie sagen, es ist vorbei mit Antonio, ganz vorbei, er muß falliren.

Ja, ja, gewiß! Ah, ah, das erfreut mein Herz, o ich will ihn martern, ich will ihn peinigen! Hahaha! das thut wohl, wohl.

Einer von den Männern zeigte mir einen Ring und sagte: Diesen Ring gab mir Shylock's Tochter Jessika für einen Affen.

Weh, weh, Tubal; sag', willst Du mich umbringen? Den Ring für einen Affen? Den Turkus? Ich empfing ihn von Lea. Nicht für einen Wald voll Affen wär er mir feil gewesen!

Mit Antonio soll es durchaus vorbei sein!

Vorbei sein! Ja, mein guter Tubal, ja, ich glaub's, Du hast Recht! Ein Pfund Fleisch habe ich mir ausgemacht. Sein Herz will ich haben! Hörst Du, Tubal, auf sein Herz hat' ich's gleich abgesehen. Die Dummköpfe merken nichts. Hahaha! Ich will mich rächen! Er hat mir viel angethan, — aber ich will mich rächen, Tubal! Geh' jetzt mit mir, ich will mir einen Amtsdiener miethen. Ich will Alles einrichten, daß Antonio meiner Rache nicht entgeht! Komm!

7. Bassanio's Wahl.

Bassanio war von Portia mit Freuden empfangen worden, und sie wünschte nichts sehnlicher, als daß ein günstiges Geschick seine Wahl leiten möchte. Aber da sie zugleich lebhaft fürchtete, er möchte das rechte Kästchen nicht treffen, bat sie ihn, noch einige Tage mit der Wahl zu warten. Dann erfreue ich mich Eurer doch wenigstens so lange, sagte sie. Ist die Wahl geschehen, und ihr habt mich nicht getroffen, so müssen wir uns sogleich und auf ewig trennen. Ich könnte Euch zur rechten Wahl leiten, doch dann bräche ich meinen Eid. Lieber aber wollte ich alles Unglück tragen, als meineidig werden! So bleibt mir nur der Wunsch: Schiebt die Wahl einige Tage auf.

Nein, edle Portia, laßt mich wählen! versetzte Bassanio. Denn wahrlich, jetzt lebe ich auf einer schrecklichen Folter.

Nun denn, sprach Portia, so versucht Euer Glück! O, daß es Euch hold wäre! Nerissa, komm, gieb mir die Hand. O, mich trifft der Tod, wenn er fehl greift.

Bassanio trat dem Marmortische nahe und begann alsbald: Den goldnen Kasten trifft mein Auge zuerst. Doch wie, du funkelndes Gold, wenn du durch Schein mich berücken wolltest? Lügner Schein was verdeckst

du alles! Jedes Laster sucht sich mit dem Schein der Tugend zu umhüllen. Sah ich es nicht oft, daß Feiglinge den Bart des Herakles und des grauenerweckenden Kriegsgottes trugen? Selbst der Schein der Schönheit wird gekauft von Gecken und von zieren Damen. Drum gleißnerisches Gold, du sollst mich nicht bethören. — Auch dich mag ich nicht, bleiches Silber, gemeiner Botenläufer von Mann zu Mann! Dir aber, ehrliches Blei, das nicht mehr sein will, als es ist, dir vertraue ich, dich wähle ich! Gebt mir den Schlüssel Fräulein.

Der Kasten enthielt das Bild Portia's, und Bassanio durfte somit das Fräulein sein nennen. Beide fühlten sich unbeschreiblich glücklich, da sie ihre innigsten Wünsche erfüllt sahen. Weinenden Auges hielten sie sich umschlungen, während die Anwesenden herzutraten und ihnen ihre Glückwünsche darbrachten.

Aber ihr Glück wurde auf eine jähe Weise gestört. Salarino aus Venedig erschien plötzlich und überreichte Bassanio einen Brief.

Ehe ich den Brief öffne, sagte Bassanio, möchte ich aus Eurem Munde mit einem Worte vernehmen, wie es meinem edlen Freunde Antonio ergeht.

Salarino schlug die Augen zu Boden, indem er auf den Brief verwies.

Bassanio öffnete den Brief und begann zu lesen.

Wehe mir, Nerissa, rief Portia, siehe, er erbleicht! Was mag man ihm melden? Gewiß ist ihm ein theurer Freund gestorben. Oder ist gar noch Schlimmeres geschehen?

Sich zu ihm wendend, sprach sie: Tragt Ihr

Leid, Bassanio, so gebt die Hälfte desselben mir zu tragen.

Theure Portia, entgegnete Bassanio, mit widerwärtigeren Worten ist wohl nie ein Papier befleckt worden, wie dieses hier. Erinnert Euch, daß ich bei meiner ersten Werbung frei gestand, daß mein ganzer Reichthum in meinen Adern rolle. Ich meinte wahr zu sein, und doch war ich es nicht. Denn ich hätte sagen sollen, mein Eigenthum sei noch unter nichts. Mich selbst verband ich einem Freunde, ihn, um mir zu helfen, seinem ärgsten Feinde. Salarino, so übel steht es mit ihm? Alle seine Unternehmungen schlugen fehl? Keines seiner Schiffe kehrte zurück?

Nicht eins, entgegnete Salarino. Und käme auch ein Schiff noch — wer weiß, ob der Jude die Zahlung jetzt noch annähme. Der Tag, an dem diese stattfinden sollte, ist vorüber. — Ihr solltet den Juden sehen, wie er voll Gier brennt, den edlen Antonio zu vernichten. Tag für Tag liegt er dem Dogen im Ohre und verlangt sein Recht. Die vornehmsten Handelsleute, selbst der Doge und Senatoren mühen sich, ihn von seinem bösen Vorhaben abzubringen. Vergebens! Er ruft gierig nach seinem Rechte.

Ist der Mann, der so in Noth ist, fragte Portia, Euch ein theurer Freund?

O meine edle Portia, er ist mir der theuerste Freund, den ich je auf der Welt hatte! Welch ein Mann! Unermüdlich willig in Dienstleistungen und der Ehre ergeben, wie die Besten in der Blüthezeit Roms!

Portia fragte nach der Summe, die Antonio dem

Shylock schulde, worauf ihr Bassanio sagte, daß es dreitausend Dukaten seien.

Wie, rief Portia, nicht mehr? Zahlt ihm sechstausend, ja verdoppelt diese und zahlt die Summe dreifach, um den Schein zu tilgen, und um zu verhüten, daß dem edlen Manne auch nur ein Haar gekrümmt werde. Doch lasset mich Eures Freundes Brief hören.

Bassanio las den Brief, der also lautete:

Liebster Bassanio!

Meine Schiffe sind alle verunglückt, meine Gläubiger werden grausam, mein Glücksstand ist ganz zerrüttet, meine Verschreibung an den Juden verfallen, und da es unmöglich ist, daß ich lebe, wenn ich sie nicht zahle, so sind alle Schulden zwischen mir und Euch berichtet. Wenn ich nur bei meinem Tode Euch sehen könnte. Jedoch handelt nach Belieben: Wenn Eure Liebe Euch nicht überredet, zu kommen, so möge es auch mein Brief nicht. Euer

Antonio.

O mein theurer Bassanio, rief Portia, Ihr müßt heute noch Eure Reise nach Venedig antreten, den Freund zu erlösen. Nur rufe zuvor der Priester in dem Tempel den Segen des Himmels auf unsern Bund herab. Dann hinweg, den Freund zu retten!

Als der feierliche Act der Trauung vorüber war, nahm Bassanio Abschied von seiner Gattin und begab sich auf ein Schiff, das alsbald die Segel lichtete.

In Portia's Seele war indeß ein kühner Entschluß erwacht. Sie wollte ihrem Gemahl nachreisen, um

Zeuge der Verhandlung mit Antonio und Shylock sein zu können. Um jedoch nicht erkannt zu werden, beschloß sie, Männerkleidung anzulegen. Ihre Freundin Nerissa beredete sie, und zwar ebenfalls in Männertracht gekleidet mit ihr zu reisen. Daß sie unterwegs bei ihrem gelehrten Vetter wegen des eigenthümlichen Rechtsfalles sich Rathes zu erholen gedenke, um vielleicht selbst eingreifen zu können, verschwieg sie noch der Freundin.

Schon am nächsten Morgen traten Beide auf einem Schnellsegler die beabsichtigte Reise an.

8. Aus dem Gefängnisse.

Antonio's Sache stand übel, Niemand wußte zu helfen. Der Zahlungstermin war vorüber, und so befand sich Antonio nach den strengen Gesetzen Venedigs in der Gewalt seines unmenschlichen Gläubigers. Das Einzige, was der Doge für ihn noch zu thun vermochte, war, die Sache einige Tage hinzuschleppen. Aber er war verpflichtet, Antonio im Gefängnisse festzuhalten. Ein Tag nach dem andern verging, ohne daß man einen Ausweg fand.

Nun ward Antonio bestimmt, Shylock um Gnade zu bitten. Der Schließer des Gefängnisses führte ihn der Wohnung Shylock's zu. Letzterer kam auf der Straße daher, und als er den Antonio erblickte, rief er dem Schließer schon von Weitem zu, Acht auf den Gefangenen zu haben.

Antonio bat ihn, Gnade für Recht ergehen zu lassen, worauf der Shylock entgegnete: Redet mir nicht von Gnade. Dies ist der Narr, der geliehen hat umsonst Geld aus! Schließer, hab' ein Auge auf ihn!

Guter Shylock, hört mich an! sprach Antonio.

Ich mag nichts hören, ich will nichts hören! entgegnete Shylock, ich bestehe auf meinen Schein. Hab' ich's doch geschworen, zu bringen auf meinen

Schein, so will ich auch bleiben dabei. Einen Hund hast Du mich genannt; gut, hättest Du meiden sollen meine Zähne. Ich will mein Recht! Du loser Schließer, wie magst Du doch mit ihm ausgehen!

Ich bitte, begann Antonio noch einmal, höre mich an.

Was soll ich machen mit Euren Reden? — Ich will den Schein und nichts als den Schein. Meint Ihr, ich lasse mich machen zu einem blinden Narren, der da wird seufzen und bedauern und endlich nachgeben den christlichen Vermittlern? Ich sag's Euch kurz, ich will keine Reden, ich will erfüllt haben meinen Schein!

Damit bog Shylock schnellen Schrittes in eine Seitenstraße.

Solch einen unbarmherzigen Hund hat es wohl noch nie unter Menschen gegeben! rief voll Erbitterung der Schließer.

Laß' ihn gehen! entgegnete Antonio. Ich gab den Vorstellungen Edeldenkender nach und vergönnte ihm das Wort. Nun aber gehe ich ihm nicht mehr nach. Er giert darnach, mich umzubringen, und ich weiß wohl, warum. Oftmals rettete ich Schuldner, die mit ihrer Habe ihm verfallen waren. Das vergiebt er mir nicht.

Herr, ich gedenke, der Doge wird es nicht zulassen, daß die Buße gilt, sagte der Schließer.

Antonio entgegnete: Er kann nichts thun, als dem Gesetze seinen freien Lauf zu lassen, weil sonst zum Nachtheil der Stadt der Glaube an die in unsern Mauern waltende Gerechtigkeit erschüttert würde. Der

Gram um das Geschehene und um das, was noch bevorsteht, hat schon so an mir gezehrt, daß ich für Morgen kaum noch ein Pfund Fleisch an meinem Leibe haben werde, meine Schuld dem Blutgierigen zu bezahlen. Führe mich in's Gefängniß zurück, Schließer! Gebe nur Gott, daß meine Augen in meiner letzten Stunde den Freund noch sehen!

———

9. Vor Gericht.

Am nächsten Morgen wurde Antonio in den Gerichtssaal des Dogenpalastes geführt. — Der Doge und die Senatoren waren schon versammelt, auch die Freunde Antonio's, Bassanio, Graziano, Salarino, Solanio und Andere waren zugegen. Eine düstere Stimmung hatte sich Aller bemächtigt.

Als Antonio auf der Anklagebank Platz genommen hatte, erhob der Doge seine Stimme und sprach: Antonio, es schmerzt mich tief, daß du mit einem so felsenharten Widersacher zu thun hast. Shylock ist ein Unmensch, der kein Erbarmen kennt!

Antonio entgegnete: Ich vernahm, wie Eure Hoheit sich für mich, wiewohl vergebens, verwandt hat. Da aber kein Mittel vorhanden ist, mich zu retten, so stelle ich seiner kalten Grausamkeit Ergebung und Geduld entgegen. Mit Gottes Hülfe habe ich mir die Ruhe des Gemüthes erkämpft, dem Tode ohne Furcht in's Angesicht zu schauen.

Jetzt wurde Shylock herbeigerufen.

Als er in's Zimmer trat, sprach der Doge: Machet Platz, daß er sich uns gegenüberstelle! Hierauf fuhr der Doge also fort: Shylock, ich denke es und auch Alle, die von dem Handel vernehmen, denken, Du wirst Deine Härte nur bis zum Augenblick der That treiben, dann aber Milde und Erbarmen walten lassen, wunderbarer noch als Deine Grausamkeit, die wie ein Alp auf den Herzen Aller ruht, zumeist auf dem jenes Mannes. Statt von einem schuldlos arm gewordenen Kaufmanne ein Pfund Fleisch als Buße zu nehmen, wirst Du ihm sogar die Hälfte seiner Schuld erlassen, um großmüthig zu seinem Wiederaufkommen beizutragen. Shylock ich bitte Dich, gieb uns eine milde Antwort!

Euer Hoheit, entgegnete Shylock, habe ich meinen unabänderlichen Entschluß zu erkennen gegeben. Ich hab' geschworen bei unserm heiligen Sabbath, zu nehmen, was nach meinem Schein mir zusteht! Wird mir's verweigert, so sind verletzt die Freiheiten und Gesetze dieser Stadt! Ihr habt gefragt, warum ich lieber will haben ein Pfund von dem elenden Fleisch dieses Mannes, als dreitausend Dukaten. Nu, ich brauch' Euch ja nicht zu geben Antwort. Gesetzt aber, es stände mir einmal so an, ist das nicht Antwort genug? Wenn mich plagen thäte eine Ratte in meiner Wohnung, und ich wendete für ein Gift dreitausend Dukaten an? Giebt's nicht Leute, die kein schwatzend Ferkel ausstehen können? Andere werden toll, wenn sie eine Katze sehen, noch andere werden von Uebelkeiten befallen, sobald sie das Pfeifen eines Dudelsackes vernehmen. Könnt ihr mir die Abneigung des Einen und des Andern erklären? Nun sehet, eben so wenig will und kann ich Euch sagen, weshalb mir Antonio, sobald ich ihn sehe, oder an ihn denke, Haß und Widerwillen einflößt.

Fühlloser Mann, rief Bassanio diese Antwort

reicht nimmermehr aus, Deine Grausamkeit zu rechtfertigen!

Shylock sah ihn verächtlich an, indem er sagte: Bin ich doch nicht zu einer Antwort verpflichtet, wie sie Dir beliebt!

Jener versetzte: Bringt denn Jedermann das um, was er nicht liebt?

Hab' ich doch nichts zu reden mit Dir! entgegnete Shylock. Nur dies frag ich: Bringt nicht Jedermann das gern um, das er haßt? Und wo ist Einer, der sich von einer Schlange zweimal stechen ließe? He?

Nun ergriff Antonio das Wort: Bedenket doch, sprach er, mit wem Ihr es zu thun habt, Freund Bassanio! Wer kann das aufschwellende Meer durch Worte bestimmen, sich zu senken? oder den Wolf, das Lamm frei zu lassen? oder die Wipfel der Bergestanne, nicht zu rauschen? Eben so wenig werdet Ihr durch Worte sein Herz rühren. Darum bitte ich Euch, Bassanio, bemüht Euch nicht weiter! Ihr aber, Euer Hoheit, macht die Sache kurz und gebet mir den Spruch des Gesetzes!

Bassanio bot jetzt dem Juden statt dreitausend sechstausend Dukaten, worauf Shylock sagte: Laßt mich zufrieden! Wäre von Euren sechstausend Dukaten ein jedes Stück in sechs Theile geschnitten, und wäre jeder Theil wieder ein Dukaten, ich bliebe doch stehen bei meinem Schein.

Shylock, hob der Doge wieder an, wie magst Du einst auf Gnade hoffen, wenn Du nicht Gnade übst?

Was brauch ich ein Urtheil zu scheuen, so ich nicht Unrecht thue? entgegnete Shylock. Und Ihr Herren bedenket dies. Habt ihr nicht viel Sclaven unter Euch, die ihr wie Esel, Hunde, Maulthiere benutzt? Wer gab Euch das Recht? Nu, ihr habt sie gekauft. Würde ich sagen zu Euch: Höret Ihr Männer, lasset sie frei, vermählet sie mit Euren Söhnen und Töchtern, gebt ihnen Speisen, wie sie auf Euren Tischen stehen, und Betten, so weich wie die Euren, Ihr würdet entgegnen: Nu, sind die Sclaven nicht unser? Und so sage ich jetzt auch: Das Pfund Fleisch ist mein! es kostet mich dreitausend Dukaten! — Wer will mir länger vorenthalten, was mein ist? Weh', wenn Ihr's thut! Ihr würdet zerstören das Recht Venedigs.

Der Doge sprach: Ich hab' die Befugniß, die Sitzung aufzuheben, wenn nicht ein gelehrter Doctor, Namens Bellario, aus Padua, zu dem ich um Entscheidung gesandt habe, hier heute erscheint.

Dieser gelehrte Doctor war eben der Verwandte der Portia, bei dem sie sich, wie von ihr heimlich beschlossen worden war, Rathes hatte erholen wollen.

Es wurde dem Dogen angesagt, daß ein Bote mit einem Briefe von dem Doctor draußen stehe. Der Bote, der hereingeführt wurde, war die verkleidete Nerissa, die Freundin Portias. Sie nahte sich dem erhöhten Richtersitze und überreichte dem Dogen den Brief.

Während der Doge den Brief las, setzte sich Shylock auf die Erde, zog ein langes Messer aus seinem Gewande hervor und begann es an der dicht mit Nägeln beschlagenen Sohle seines Stiefels zu schärfen.

Gefragt, warum er das Messer schärfe, antwortete er: Warum anders, als um dem Bankerottirer auszuschneiden die Buße?

Grausamer Jude, rief Passanio, wahrlich, nicht an Deiner Sohle, nein, an Deiner Seele schärfst Du das Messer. Kein Metall, ja nicht das Beil des Henkers hat eine solche Schärfe, wie Dein entsetzlicher Haß sie hat. So Du ein Mensch bist, antworte mir: Vermag keine Bitte Dich zu rühren?

Nein keine, keine! darum spare Deine Worte! entgegnete Shylock, indem er die Schneide des langen Messers prüfte.

Bleich vor Kummer und Erbitterung trat Graziano vor. Mögst Du die Verdammniß empfangen, Du unbarmherziger Hund! rief er. Ha! macht mich doch der Anblick dieses Ungeheuers fast wankend in meinem Glauben! Ich möchte dem Pythagoras Recht geben und mit ihm annehmen, daß Thierseelen in menschliche Leiber fahren. Der hündische Geist, der Dich regiert, hat sicher in einer Wolfsbestie gesteckt, denn Deine Gelüste sind wölfisch, blutig, räuberisch, hungrig!

Schrei' und zerreiß Dir die Lunge, wenn Du Lust hast, es hilft Dir nichts! entgegnete Shylock grinsend. Von allem Deinem Schelten geht nicht das Siegel weg von meinem Schein! D'rum sei witziger und halt fest Deinen Verstand, daß er Dir nicht fällt in Trümmer!

Der Doge hatte den empfangenen Brief indeß gelesen, und fragte nun die verkleidete Nerissa nach dem in dem Briefe bezeichneten jungen Doctor.

Nerissa sagte, er harre im Nebengemach auf Entscheid, ob ihm Zutritt vergönnt werde.

Von Herzen gern, entgegnete der Doge. Ihr Herren, fuhr er fort, gehet doch sogleich und gebt ihm höfliches Geleit hierher. Indessen möge das Gericht den Brief von dem Rechtsgelehrten hören, der den jungen Doctor gesandt hat.

Einer der Schreiber mußte den Brief lesen, welcher also lautete:

„Euer Hoheit dient zur Nachricht, daß ich beim Empfange Eures Briefes sehr krank war. Aber in dem Augenblick, da Euer Bote ankam, war bei mir auf einen freundschaftlichen Besuch ein junger Doctor aus Rom, Namens Balthasar.

Ich machte ihn mit dem streitigen Handel zwischen dem Juden und dem Kaufmann Antonio bekannt; wir schlugen viele Bücher nach; er ist von meiner Meinung unterrichtet, die er, berechtigt durch seine eigene Gelehrsamkeit, deren Größe ich bewundere, auf mein Andringen mitgenommen hat, um Ew. Hoheit an meiner Statt Genüge zu leisten. Ich ersuche Euch, laßt seinen Mangel an Jahren keinen Grund sein, ihm eine anständige Achtung zu versagen, denn ich kannte noch niemals einen so jungen Körper mit einem so alten Kopf. Ich überlasse ihn Eurer gnädigen Aufnahme."

10. Der junge Rechtsgelehrte.

Noch ehe der Brief zu Ende gelesen war, trat Portia, gekleidet wie ein Rechtsgelehrter, in den Saal.

Der Doge bewillkommnete sie, ersuchte sie, einen Sessel einzunehmen und fragte, ob sie mit dem Handel genau bekannt sei.

Sie bejahte es und bat, ihr den Kaufmann und den Juden vorzustellen. An den Letzteren wandte sie sich zunächst mit den Worten: Von wunderlicher Art ist der vorliegende Fall. Jedoch seid Ihr auf dem gesetzlichen Wege, und Niemand kann Euch anfechten.

Sie fragte Antonio, ob er den Schein anerkenne, was dieser bejahte. So bleibt, fuhr sie fort, nur übrig: Shylock muß Gnade für Recht ergehen lassen.

Wie, ich muß? Warum muß ich?

Portia entgegnete: Shylock, verstehe mich wohl: Zwang ist der Gnade fern. Wie des Himmels milder Regen träufelt sie hernieder, zwiefach segnend: den, der giebt, und den, der empfängt. Herrlichere Zier ist sie dem Fürsten als die Krone. Das Scepter ist Symbol der irdischen Gewalt, ein Attribut der Würde und der Majestät. Gnade aber ist höher, als alle irdische Macht, ihr Thron ist das Herz des Fürsten. Wo Gnade dicht am Throne steht, da waltet Gottes Geist. Darum Shylock, ob Du gleich Dein Recht begehrst, bedenke wohl: Wäre nur das Recht da, Niemand von uns Allen käme zum Heile. Um Gnade beten wir Alle, auf Gnade hoffen wir Alle. Solch' Beten und solch' Hoffen aber muß uns der Gnade Thaten üben lehren. Ich sage dies, dich zu bewegen, daß Du Deine Forderung milder stimmen mögest. Gehst Du jedoch von Deinem Schein nicht ab, so muß das Gericht zu Antonio's Nachtheil den Spruch fällen.

Meine Thaten sollen fallen auf mein Haupt! rief Shylock. Ich verlange mein Recht, ich besteh' auf meinen Schein.

Portia fragte, ob denn Niemand da sei, der zahlen wolle.

Ja, Herr versetzte Bassanio. Schon ehe ich kam, war dem Juden das Geld von Freunden Antonio's angeboten worden. Ich habe ihm das Doppelte geboten, ja ich verspreche, ihm das Geld verzehnfacht zu zahlen und setze mein Leben zum Pfande ein. Genügt dies nicht, so sehet Ihr, daß die äußerste Bosheit seinen Sinn regiert. Und in diesem Falle, Herr, wäre es wohl gut gethan, einmal von dem Buchstaben des Gesetzes abzuweichen, um dem argen Teufel seinen bösen Willen zu wehren.

Das darf nicht geschehen, entgegnete Portia. Kein Ansehen in der Stadt vermag ein Gesetz zu ändern. Das könnte bedenkliche und gefährliche Nachfolge haben.

Diese Worte versetzten den Juden in einen wahren Freudentaumel. Ha, rief er, ein Daniel ist gekommen, zu richten! Ein weiser, ein gerechter Daniel! O weiser junger Richter, o wie ehr' ich Euch!

Portia wünschte den Schein zu sehen und Shylock reichte ihr denselben dar. Auf ihre Ermahnung, doch lieber die dreifache Summe zu nehmen, entgegnete Shylock wiederum, er lasse nicht von seinem Rechte ab.

So ist der Kaufmann verfallen, sagte Portia, und Shylock hat das Recht, ihm zunächst am Herzen ein Pfund Fleisch auszuschneiden. — Doch Shylock, seid barmherzig. Nehmt das dargebotene Geld und gestattet mir, den Schein zu zerreißen.

Nicht eher, rief Shylock, als bis nach dem Inhalte mir geworden ist volle Genugthuung! Es hat sich klar gezeigt aus Eurem Vortrag, Herr, daß Ihr seid eine Säule des Rechts, daß ich mich darauf stützen kann. Thuet endlich den gesetzlichen Ausspruch. Ich schwöre bei meiner Seele, daß keine menschliche Zunge in dieser Sache Gewalt über mich hat. Ich bestehe auf meinen Schein!

Antonio bat jetzt die Richter, den Spruch zu fällen, um seine Qual abzukürzen.

Portia sprach! So öffnet denn Eure Brust für das Messer!

Shylock unterbrach Portia beständig mit Ausrufen, wie: O weiser Richter! — ein Daniel! — ein zweiter Daniel! — wackerer junger Mann!

Portia fragte, ob eine Wage da sei, das Fleisch zu wägen. Shylock holte eine solche aus seinem Gewande hervor.

Nun gab ihm Portia den Rath, einen Feldscheer für sein Geld zu nehmen und Antonio verbinden zu lassen, damit er sich nicht verblute.

Stehet doch davon nichts in meinem Schein! entgegnete er.

Portia sagte, er solle dies aus Menschenliebe thun.

Shylock zuckte die Achseln, sah auf den Schein und sprach: Es stehet doch nichts darinnen!

Portia fragte jetzt den Verurtheilten, ob er noch etwas zu sagen habe.

Wenige Worte nur, entgegnete dieser. Bassanio Eure Hand: Lebet wohl! Laßt's Euch nicht zu tief betrüben, daß ich für Euch dies leiden muß. Bedenket vielmehr, wie die Vorsehung sich bei allem Unglück dennoch gütig gegen mich zeigt. Wie mancher verlor seinen Reichthum und behielt ein Leben voll Armuth und schmerzender Erinnerung. Mein Reichthum ging dahin, und bald soll nun auch das Leben von mir genommen werden. Empfehlt mich Eurem edlen Weibe und sagt ihr, wie gern ich stets Euren Wünschen nachkam. Laßt sie dann entscheiden, ob Ihr einen Freund hattet, der Euch liebte. Lebt wohl!

Antonio, rief Bassanio in Thränen, ich habe ein Weib genommen, daß ich wie mein Leben liebe aber sie und all' mein Erdenglück wollte ich hingeben, könnte ich Euch erretten!

Ich hoffe, Euer Weib wird großherzig sein, und Euch aus diesen Worten nicht einen Vorwurf machen — wenn ihr die Worte nämlich zu Ohren kommen sollten, sagte Portia.

Bassanio antwortete: Würdet Ihr sie kennen, Ihr wäret überzeugt, daß sie Ja und Amen dazu sagte.

Antonio hatte indeß die Brust geöffnet, und Portia sprach zu Shylock: So nimm, was Dir der Schein zuspricht!

Funkelnden Auges, einem Tiger gleich, der seiner Beute sicher ist, nahete sich jetzt Shylock dem Antonio, indem er das Messer gegen dessen Brust zückte und dabei rief: O höchstgerechter Richter! o weiser Daniel!

Halte noch einen Augenblick inne, Shylock! rief Portia, es ist noch eine Kleinigkeit zu bemerken: Nach dem Schein gehört Dir ein Pfund Fleisch von dem Manne, aber kein Tropfen Blutes. Das merke wohl! Nimm dann nach Deinem Schein das Fleisch. Vergießest Du aber dabei einen Tropfen Blutes, so ist damit Dein Hab und Gut dem Staat verfallen! —

Eine freudige Bewegung durchzuckte die ganze Versammlung, nur Shylock stand plötzlich wie erstarrt.

Graziano rief: Gerechter Richter! — merk's Shylock! — ein weiser Richter!

Ist das Gesetz? fragte Shylock in schneidendem Tone.

Du sollst die Gesetzes-Acte sehen, entgegnete Portia. Auf Dein Recht drangest Du; nun, es soll Dir mehr Recht werden, als Du begehrest!

Wieder rief Graziano: Merkst Du, Shylock! O weiser Richter! Gott im Himmel segne Dich!

Wie aus einer Erstarrung fuhr Shylock empor. So will ich nehmen das angebotene Geld, sagte er. Bassanio soll mir zahlen, drei mal drei tausend Dukaten, und ich will dem Antonio zurückgeben den Schein.

Bassanio erklärte sich mit Freuden bereit, das Geld zu zahlen, und kam mit einem schweren Beutel herzu.

Portia trat zwischen Beide. Geduld! sprach sie. Keine Eile! er soll die Buße haben, weiter nichts!

Die freudige Bewegung der Versammlung steigerte sich, und wieder erschollen des feurigen Graziano's Freudenrufe.

Portia fuhr fort· Was zögerst Du, das Fleisch zu schneiden? Nimm es, doch vergieße kein Blut! Schneide auch nicht mehr noch weniger, als genau **ein Pfund**! Ist es mehr oder weniger, und sei es auch so viel leichter oder schwerer, als ein Zwanzigtheil von einem Scrupel ausmacht, ja, neigt sich die Zunge der Wage auch nur um eines Haares Breite zur Rechten oder zur Linken, so mußt Du es mit Deinem Leben bezahlen und Dein Eigenthum fällt an den Staat.

Ihr sollt mir geben mein Kapital, sagte Shylock und dann will ich gehen.

Wieder erbot sich Bassanio, das Geld zu zahlen.

Portia aber wehrte es abermals und sprach: Nichts erhält er als sein Recht! —

Ich soll nicht haben mein Kapital? rief Shylock.

Nichts als Dein Recht. Auf eigene Gefahr hin magst Du die Buße nehmen.

So mag's ihm der Teufel segnen, ich mag Euch nicht mehr Rede stehen!

Er wandte sich hinweg, um den Saal zu verlassen.

Halt ein, Shylock! sprach Portia. Das Recht

hat noch einen Anspruch an Dich. Wer nach dem Gesetz Venedigs einem Bürger nach dem Leben trachtet, verfällt in harte Strafe. Die Partei, auf die sein Anschlag ging, empfängt die Hälfte seiner Güter, die andere Hälfte fällt dem Staate anheim. Sein Leben hängt von der Gnade des Dogen ab. Dies geht auf Dich. Du hast auf Umwegen und geradezu diesem Manne nach dem Leben getrachtet. Dein Gut ist dahin; suche denn wenigstens Dein Leben zu retten, indem Du vor dem Dogen niederfällst und um Gnade flehst.

Sogleich erhob der Doge seine Stimme. Damit Du erkennen mögest, sprach er, daß ein anderer Geist uns lenkt, so sichere ich Dir Dein Leben zu. Die Hälfte Deiner Güter aber erhält Antonio, die andere Hälfte gehört dem Staate, doch soll die letztere Strafe gemildert werden, je nachdem Du Demuth zeigest.

Shylock riß an seinen Kleidern und schrie: Nein, nein, nehmt mir auch das Leben dazu! Was soll mir das Haus, wenn Ihr mir reißt die Stützen hinweg! Wer mir nimmt die Mittel, zu leben, der nimmt mir ja auch das Leben!

Höhnend rief ihm Graziano in's Ohr: Jude, bitt' um einen Strick und um die Erlaubniß, eigenhändig Dich aufhängen zu dürfen!

Portia fragte den Antonio, ob er etwas für Shylock thun könne.

Einen Strick, einen Strick schenkt ihm! rief man von allen Seiten.

Antonio sprach: Erlaubt es das hohe Gericht, ihm die Buße seines halben Gutes zu schenken, so

will ich mich zufrieden geben, wenn mir die Nutzung
der anderen Hälfte, bis zu meinem Tode wird, wo
sie dann seine Tochter von mir erben soll. Doch
knüpfe ich dies an zwei Bedingungen. Er muß sich
taufen lassen und eine Schenkung ausstellen, nach der
sein Gut nach seinem Tode seiner Tochter zufällt.

Shylock wurde gefragt, ob er das wolle. Mehr
todt als lebendig sagte er's zu und schwankte darauf
hinaus.

Alles drängte sich nun herzu, den wackeren Antonio zu beglückwünschen und dem klugen Rechtsgelehrten, — denn immer noch nicht erkannte man in ihm
Portia — zu danken.

Antonio und Bassanio boten ihr tausend Dukaten
als Belohnung an.

Portia schlug das Geld dankend aus. Aber sie
nahm eine Einladung des Dogen an, als sie vernommen hatte, daß sie ihren Gemahl wie auch Antonio und seine übrigen Freunde dort treffen würde.

Bei fröhlicher Tafel gab sie sich zu erkennen. Bassanio's Freude war unbeschreiblich groß, die theure
Gattin in seine Arme schließen und ihr die Rettung
des edlen Freundes danken zu können. Die Geschichte
erregte das größeste Aufsehen, und lange Zeit sprach
man weit und breit von nichts anderem, als von dem
grausamen Shylock, dem edlen Antonio und der klugen Portia.

Macbeth.

1. Siegesbotschaft.

Duncan, König von Schottland, regierte lange schon zum Segen des Landes. Dennoch gelang es einem reichen, ehrgeizigen Barone, eine Empörung zu Stande zu bringen. Gold und Versprechungen lockten in kurzer Zeit eine große Menge ruchlosen Volkes unter seine Fahnen.

Als der König von dem meuterischen Beginnen Kunde empfing, erließ er einen Aufruf an seine ihm treu gebliebenen Vasallen, die alsbald mit ihren Mannen und Knechten herzuzogen, um ihrer Pflicht zu genügen. Nun sandte Duncan einen Heerhaufen unter der Führung seines erprobten Feldherrn Macbeth den Rebellen entgegen. Mit einem zweiten Heerhaufen folgte Duncan, begleitet von seinen beiden edlen Söhnen Malcolm und Donalbain, einige Tage später.

Als der König die Grenzen der Provinz überschritt, in der jener Edelmann die Fahne der Empörung erhoben hatte, sah er einen Krieger in blutiger Rüstung daher gesprengt kommen. Es war einer der Hauptleute des tapfern Macbeth. Schon von fern rief er: Sieg! Sieg! und als er vor dem Könige hielt und ihm seinen ehrerbietigen Gruß dargebracht hatte, setzte er hinzu: Heil dem Könige! Das Rebellenheer ist vernichtet, der Anführer getödtet!

Wahrlich, deine Botschaft ist mir hochwillkommen, sagte der König frohen Angesichts. Doch nun berichte mir Näheres über die Schlacht.

Herr, entgegnete der Krieger, Ihr hättet den edlen Macbeth sehen sollen, wie ein Gewittersturm brach er in die feindlichen Reihen ein, wie ein tödtender Blitz zuckte sein Schwert rechts und links. Als er den Rebellenführer im Gewühle erblickt hatte, hieb er sich eine blutige Gasse bis zu ihm, und nun begann ein Kampf, wie es selten wohl einen gab. Jedoch währte er nicht lange. Macbeth spaltete dem Gegner das Haupt vom Nacken bis zum Kinn. Der Fall des Führers war das grause Zeichen der Flucht für die Feinde. Wie Spreu flohen sie dahin, unsere Schwerter aber hielten noch eine blutige Ernte. Kaum jedoch nannten wir das Schlachtfeld unser, als, einem rasenden Sturmwinde gleich, aus der Gebirgsschlucht ein neues Heer auf uns, die wir unvorbereitet auf eine neue Schlacht waren, einstürmte. Norwegs Fürst war es, der dies Heer führte.

Schreckte dies nicht unsern würdigen Vetter Macbeth? fragte Duncan.

O Herr, entgegnete der Krieger, eher hätte wohl der Spatz den Adler und der Hahn den Löwen schrecken können, ehe es dem Norweger gelungen wäre, Macbeth zu schrecken. Welche Thaten schaute mein Auge! Macbeths Beispiel feuerte die Seinen an und . . . . doch, Herr, verzeihet, ich vermag mich nicht länger aufrecht zu erhalten.

Indem der König gebot, den Krieger hinweg zu

führen, und ihm seine Wunden zu verbinden, kam der Than von Rosse daher gesprengt.

Auf seinem Angesicht stand gute Botschaft geschrieben. Heil dem Könige! rief er, und als er sein Roß hielt, verkündete er den vollständigsten Sieg über den Norweger-Fürsten. So sah ich Macbeth nie, fuhr er fort. Ich glaube, des Abgrunds finstres Heer wäre vor seinem Anblick geflohen. Norweg wünschte Frieden. Doch wurde ihm erst gewährt, seine Todten zu begraben, als er zehntausend Thaler gezahlt hatte. Leichter noch wäre uns der Sieg geworden, hätte nicht unser verrätherischer Than von Cawdor den Feind verstärkt.

Fiel er in Eure Gewalt? fragte der König.

Er ist unser Gefangener, entgegnete der Than von Rosse.

O des Verräthers! rief der König. Darauf gebot er dem Ueberbringer der Siegesbotschaft, den abtrünnigen Than von Cawdor enthaupten zu lassen, und mit dem Titel desselben den tapfern Macbeth zu begrüßen.

2. Die drei Hexen.

Auf dürrer, wüster Haide erschienen unter flammenden, aus der Erde hervorzuckenden Blitzen, und dumpfem Donner drei gräßlich gestaltete Hexen, die, über dem Erdboden auf und abschwebend, mit einander redeten. Sie hatten es auf Macbeth abgesehen und beschlossen, seinen Sinn mit sündlichen Gelüsten zu umstricken.

Macbeth kam daher, begleitet von dem tapfren Banquo, der ebenfalls Heerführer war. Die Sonne war untergegangen; gespenstisch zogen Nebel über die Haide; das bleiche Licht der Mondsichel vermochte den Pfad nur wenig zu erhellen.

Einen so schönen und so schlechten Tag erlebte ich noch nie, sprach Macbeth.

Plötzlich wehete eine Nebelschicht hinweg, und vor den beiden Helden schwebten die gräulichen Unholdinnen. Ein Zittern kam die Rosse an, sie vermochten sich nicht aus der Stelle zu bewegen.

Wer seid Ihr? sprach Banquo, die Ihr den Kindern dieser Erde so ungleich sehet? Lebet Ihr? Ich würde Weiber Euch nennen, wenn nicht Euer Bart mir diese Deutung verböte!

Was leget Ihr die Fingerstumpfe so geheimnißvoll an den Mund? sprach Macbeth. Vermögt Ihr es, so saget, wer Ihr seid?

Da rief die erste Hexe: Heil Dir, Macbeth, Than von Glamis!

Heil Dir, Macbeth, Than von Cawdor! rief die zweite Hexe.

Die dritte Hexe erhob plötzlich ihren dürren Arm, und man sah in ihrer Hand eine Krone blitzen.

Heil Dir, Macbeth, rief sie, der Du einst König sein wirst! —

Von Grausen und Entzücken zugleich ward Macbeths Seele durch diese Rufe erfüllt; er vermochte kein Wort hervor zu bringen.

Nun sprach Banquo zu Macbeth: Wie, Freund Du erschrickst bei so lieblicher Verkündigung? Gegen die Hexen gewandt fuhr er fort: In der Wahrheit Namen, sprecht: Was seid Ihr? Den herrlichen Gefährten grüßtet Ihr mit Namen, die hohe Würden bedeuten, ja Ihr prophezeihet ihm für die Zukunft Königsehren. Sehet, wie verzückt er jetzt stehet: Warum verkündet Ihr mir aber nichts? Wenn Eure Blicke das Zukunftsdunkel durchdringen, so saget auch mir ein Wort!

Die drei Hexen riefen zugleich: Heil Dir, Banquo! Dann riefen sie einzeln

Kleiner als Macbeth und größer! —

Nicht so glücklich und doch glücklicher! —

Nicht König selbst, doch Könige erzeugend!

Hierauf erhoben sie gemeinsam den Ruf: Heil Euch Beiden, Macbeth und Banquo!

Nebelgewölk umwogte die Unholdinnen.

Haltet, rief jetzt Macbeth. Noch müsset Ihr mir Rede stehen! Ihr grüßtet mich als Than von Glamis und von Cawdor. Durch Sinels Tod ward ich Than von Glamis. Aber Than von Cawdor? Der Than von Cawdor lebt in Glück und Ehren. Seine Würde zu empfangen, ist eben so unmöglich, als es unmöglich ist, daß ich König werden könnte. Redet, woher habt Ihr so seltsame Kunde? Weshalb erscheint Ihr hier unsern Blicken? Ich beschwöre Euch, redet!

Die Nebel rollten und wirbelten durcheinander, schwanden hin, und von den Hexen war nichts mehr zu sehen. Versengtes Gras nur bezeichnete den Ort, auf dem sie erschienen waren.

Sah ich recht? sprach Banquo, oder aß ich von der Tollwurzel, die fieberische Bilder in der Menschen Hirn erzeugt?

Macbeth sprach: Im Hauche des Windes schwanden sie hin. O daß sie noch geblieben wären! Seltsam, höchst seltsam! Könige sollen Eurem Stamm entsprießen! —

Und Ihr sollt König werden, entgegnete Banquo. Auch Than von Cawdor; war es nicht so?

Wohl, so lautete der Gruß.

Die Rosse knirschten in die Zügel, sie strebten den Ort des Schreckens zu verlassen.

Zwei Reiter kamen daher gesprengt, zwei entblößte Schwerter leuchteten durch die Nebel. Auch Macbeth und Banquo zogen die Schwerter. Als Jene bis auf wenige Schritte nahe gekommen, wurden sie von Macbeth und Banquo als Freunde erkannt.

Seid gegrüßt, Rosse und Angus! rief Banquo.

Nachdem die Angekommenen den Gruß erwidert hatten, begann Rosse: Uns sendet der König, der Dir,

Macbeth, seine Huld durch uns bezeugen läßt. Froh vernahm er die Kunde Deiner Siege, und wie Du muthvoll Dich den Gefahren entgegen warfest. Eine Dich preisende Kunde folgte der Andern. Er trug uns nun auf, Dich vor sein Angesicht zu führen, und um Dir ein Zeichen seiner Liebe zu geben — Dich als Than von Cawdor zu begrüßen.

Heil Dir, edler Than!

Wie, redet die Hölle wahr? sprach Banquo vor sich hin.

Macbeth entgegnete: Wie darf ich mich mit eines Mannes Titel schmücken, der noch lebt?

Der Mann, der Than von Cawdor war, lebt noch, versetzte Rosse, doch sein Leben ist verwirkt, ja, vielleicht sinkt sein blutiges Haupt, indem wir reden. Ihn stürzte Hochverrath.

Gemeinsam machten sich die edlen Herren auf den Weg. Macbeth ritt schweigend und in sich versunken neben den Gefährten. Wie, sagte er sich, kann das Wunder dieser Mahnung böse sein, da es doch mit Wahrheit beginnt? Aber weshalb trat es in einem so grauenvollen Bilde vor meine Seele? Noch sträubt mein Haar sich empor, gedenke ich der Erscheinung; noch pocht — nie geschah mir ein Gleiches! mein Herz gegen meine Rippen. Doch — will das Schicksal mich krönen — meine Hand soll rein bleiben; —

Banquo redete ihn an: Freund, Du schweigst? Doch ich erkenne: Ungewohnt wie dem Körper ein neues Kleid, ist Deinem Geiste die neue Würde.

Wir reden bei gelegener Zeit einmal über die Erscheinung, sagte Macbeth.

Gern, entgegnete Banquo.

Schweigend ritten sie weiter.

Macbeth und Banquo wurden vom Könige mit großer Ehre empfangen.

Wie soll ich Dir's lohnen was Du für mich thatest! sagte Duncan zu Macbeth. Wahrlich, Dein Verdienst fliegt meinem Danke weit voraus! Das erkenne ich: Ich werde, wie ich mich auch anstrenge, Dir dankbar zu sein, immerdar Dein Schuldner bleiben.

Mein König, entgegnete Macbeth, Eure Huld und Gnade beschämen mich! Alle unsere Kräfte gehören ja nach Pflicht und Neigung Eurem Dienst.

Duncan umarmte gerührt beide Heerführer.

Auch des Königs Söhne, die Prinzen Malcolm und Donalbain, wetteiferten mit einander in Zeichen der Ehrerbietung gegen die Helden.

Um dem tapferen Macbeth ein neues Zeichen seiner Huld zu geben, verkündete ihm der König, daß er ihn auf seinem Schlosse besuchen werde.

Macbeth hoch erfreut darüber, beurlaubte sich bei Duncan, um, wie er sagte, selbst als Herold die frohe Botschaft von dem Besuche des Königs seiner Gemahlin zu verkündigen und auf seiner Burg den Empfang des Königs vorzubereiten.

3. Die Botschaft.

In einem herrlichen Gemache des alterthümlichen Schlosses Inverneß befand sich ernsten Angesichts die schöne Gemahlin Macbeths. Sie hielt einen Brief in der Hand, den sie kurz vorher von ihrem Gemahle empfangen hatte. Eine Stelle des Briefes lautete:

„Die Schicksals-Schwestern begegneten mir am Tage des Siegesglückes, und ich erkannte alsbald aus ihren Reden, daß sie mehr als Sterbliche wissen. Brennend vor Ungeduld, noch mehr zu vernehmen, befragte ich sie. Doch sie verschwanden alsbald vor meinen Augen, indem sie wie ein Nebel hinweg geweht wurden. Als wir um eine Strecke weiter geritten waren, kamen Sendboten des Königs, die mich als Than von Cawdor — wie jene mich genannt hatten — begrüßten. Daß mir nun der Schicksals-Schwestern Gruß: Heil Dir, der Du König sein sollst! zu schaffen macht, werdet Ihr, theure Gemahlin, vermuthen, und Ihr irret damit nicht."

Lady Macbeth hatte den Brief schon mehrmals durchgelesen. Sie las ihn wieder. Dann stand sie auf vom Sessel und sprach, bald auf und abgehend und bald stillstehend, also vor sich hin:

Than von Glamis und Cawdor bist Du, und

werden sollst Du noch, was Dir verheißen ward! Nur
Eines fürchte ich: Dein Herz voll zu milder Denkart,
das Dich abhalten wird, geradezu auf das Ziel los-
zugehen! Ehrgeiz erfüllt Dich, groß möchtest Du sein,
aber Du zögerst, wenn Du die Schlechtigkeit zur Be-
gleiterin auf Deinem Pfade erwählen sollst. Das
Hohe möchtest Du allerwegen mit reinen Händen er-
ringen, Dein Thun von Makel stets frei erhalten. Wie
geht das auf dieser Welt? Komm, edler Than, damit
ich den rechten Muth Dir in die Seele hauche, und
mit tapferer Zunge dasjenige in Deiner Brust nieder-
kämpfe, das Dich lähmt! Großes ward Dir schon zu
Theil. Doch nicht so sehr erfreut mich das, was schon
Dein ist, als mich Verlangen nach dem erfüllt, was
Dir noch verheißen ward.

Ein Diener brachte die Nachricht, daß der König
noch vor Einbruch der Nacht erscheinen würde, um bis
zum folgenden Tage Gast des Hauses zu sein.

Als die Fürstin wieder allein war, rief sie:

Wahrlich, auch das war eine große Zeitung! Der
König zur Nacht hierher! Der Bote glich einem Ra-
ben, der mir Duncan's schicksalsschweren Einzug entgegen krächzte! Herzu nun, ihr Geister, die ihr zum
Morden stark macht! Nehmt mir, was von Milde
etwa noch in meinem Blute lebt! Entweibet mich ganz
und gar! Erfüllt mir mit kalter Grausamkeit den
Sinn, betäubet mein Gewissen, also, daß keine Mah-
nungen meine schnell erwachten Pläne schwächen und
mich zu Thaten, die geschehen müssen, ungeschickt machen!
Komm, schaurige Nacht, komm, sei der Mantel, der
unser Thun verbirgt! Ihr Geister, verberget in un-

durchbringlich Dunkel meinen Dolch, auf daß nicht der reine Himmel ihn sehe und mir mahnend Halt zurufe!

Macbeth war indeß in den Hof gesprengt und kam nun klirrenden Schrittes die steinerne Stiege herauf. In das Gemach tretend, ward er von seiner Gemahlin in feierlicher Weise begrüßt. Willkommen, großer Glamis, würdiger Than von Cawdor! sprach sie. Größeres aber noch bietet die Zukunft Dir, in die Dein Brief mich entrückte! Ich fühle mich jetzt schon in der Zukunft lebend! —

Laß uns darüber ein anderes Mal reden, entgegnete Macbeth. Jetzt gilt es, Vorbereitungen zum Empfange des Königs zu treffen, der zur Nacht kommen wird.

Und wann geht er wieder? — fragte Lady Macbeth bedeutungsvoll.

Er sprach von morgen.

Morgen sagst Du? Des nächsten Tages Sonne darf ihn lebend nicht mehr schauen! Es muß so sein! Nur Eines fürchte ich. Du lässest zu leicht in Deinem Angesichte Dein Inneres lesen. Ermanne Dich, mein Gemahl! Dein Angesicht sei von dieser Stunde an ein Buch voll Täuschung für die Welt! Lächeln und freundlich Grüßen möge ein Jeder aus Deinen Augen und aus Deinen Mienen lesen! Deine Worte seien Blumen, unter denen die Schlange ruht, deren Giftzahn die trifft, die Dir im Wege stehen! Ueberlaß den König in dieser Nacht meiner Hut; ich will also für uns sorgen, daß der goldene Reif auf Deiner Stirn . . . .

Getümmel auf dem Burghofe zeigte an, daß der König erscheine.

Schaue froh darein! sprach Lady Macbeth, indem sie das Zimmer verließ, um den König zu begrüßen.

Duncan, seine beiden Söhne Malcolm und Donalbain, Banquo, Lenox und andere Edle stiegen so eben von den Rossen.

Umherschauend, rühmte der König den herrlichen Bau des Schlosses, wie auch die schöne Lage desselben.

Sehet, fuhr er fort, wie der liebe Sommergast, die Schwalbe, die so gern in Tempeln wohnt, hier überall ihr traulich Plätzchen zum Bau gefunden hat! Kein Dach, keinen Sims, keinen Pfeiler, keine Zahnung schauet Ihr, wo sie nicht ihren luftigen Bau aufgeführt hätte! Wahrlich, gern bin ich, wo man diese trauten Vögel nicht feindlich hinwegscheucht, denn an solchen Orten ladet des Himmels Athem zum Verweilen ein.

Lady Macbeth erschien an der Eingangspforte.

Unsere holde Wirthin! sprach der König. Sieh', die Liebe, die wir in Anderen erregen, belästigt oft.

O, doppelt und dreifach müßten wir unsere Dienste für Dich thun, entgegnete Lady Macbeth, wenn sie sich nur in einem kleinen Theile mit der Ehre messen wollten, die Du, Herr, durch Deinen Besuch unserm Hause zu Theil werden lässest. Für die Erhaltung unserer alten Würden, wie für die Ertheilung neuer haben wir ja nichts, als Gebete für Dich!

Wo ist der Than von Cawdor? fragte der König. Wir ritten scharf und hofften ihn noch einzuholen. Werthe Wirthin, wir sind heut Nacht zu Gast bei Euch.

Was wir haben, Herr, entgegnete Lady Macbeth, rechnen wir als Euer Eigenthum, das zur Verwaltung uns vertraut ward. Mit Freuden bieten wir jederzeit dar, wessen Ihr bedürft.

So führe mich zu Macbeth, den wir hochhalten und dem wir noch höhere Ehren zugedacht haben!

Der König reichte der Lady den Arm, und sie gingen die Stiegen hinauf.

Die Söhne des Königs und die edlen Herren folgten nach.

4. Innerer Kampf.

Ein herrliches Mahl war bereitet worden, Musik erscholl, frohen Sinnes waren die hohen Gäste.

Da stahl sich Lady Macbeth hinweg von der Tafel, um mit ihrem Gemahle Rathes zu pflegen.

Macbeth befand sich in seinem Gemache allein, stumm schaute er zur Erde. Endlich begann er vor sich hin zu reden. Wäre Alles damit abgethan, sprach er, wenn es gethan wäre, was in dieser Nacht in meiner Gewalt steht, dann wäre es am besten, es geschähe schnell! Könnte man nur auch die Folgen eines Mordes im Keime morden! Aber wie die wehende Luft Samen über das Land streut, so streut die blutige That ihre blutigen Folgen aus, die sich dann zurückwenden auf des Thäters Haupt. Es reicht uns die Gerechtigkeit den Becher dar, den wir für Andere mit Gift füllten. Jene leeren ihn nicht ganz, die tödtlichste Neige bleibt für uns. — Alles, Alles spricht gegen die That. Ich bin sein Vetter, sein Vasall; er ist mein Gast, den ich schützen sollte, wenn Ruchlose ihm Uebles bereiten wollten. Auch trug er seine königliche Macht so sanft und verwaltete sein hohes Amt so rein, daß seine Tugenden sicherlich wie Engel mit Posaunentönen wider den zu Zeugen werden, der seine Hand gegen ihn erhebt. Das Erbarmen wird in

Aller Herzen wach werden, die Gerechtigkeit sich erheben . . . . .

Da trat seine Gemahlin in das Gemach und sagte ihm, daß der König nach ihm gefragt habe.

Laßt uns in dieser Sache nicht weiter gehen, sprach Macbeth: seine Huld erhob mich erst kürzlich. Auch gewann ich im Volke eine hohe Geltung; die will in ihrem Glanze erhalten und nicht so unbedacht weggeworfen sein! —

Wie, entgegnete seine Gemahlin, so schnell wardst Du anderen Sinnes? Mit Aug' und Angesicht, mit Deinem ganzen Wesen stimmtest Du mir bei. So war Deine Hoffnung trunkenen Muthes? Sie schlief ein und ist darauf bleich und kraftlos erwacht, und Du erkennst nun, daß Du es nicht wagst, der Mann in der That zu sein, der Du in Wünschen bist. Des Lebens höchsten Schmuck möchtest Du haben, jedoch die Feigheit hindert Dich zuzugreifen. Wie es von der Katze im Sprichwort heißt, ist's mit Dir: Das „ich wag's nicht!" trägt dem „ich möchte wohl!" die Schleppe.

Ich bitte, wähle Deine Worte besser! entgegnete Macbeth. Schaue zurück auf mein Leben, und dann sage mir ehrlich, ob ich nicht jederzeit Alles wagte, was einem Manne ziemt!

Wer nicht mehr wagt, ist keiner! Du prahltest also nur mit Deinem Plan! Ja, als Du ihn kühn aufnahmst in Deine Seele, da warst Du ein Mann: ihn fallen lassen, heißt nicht Mann bleiben. Höre mich, Macbeth! Ich weiß, was Mutterliebe ist, denn an meiner Brust habe ich ein Kind getränkt. Doch ich

sage Dir: Eher riß ich mein lächelndes Kindlein von
dem Mutterbusen und zerschmetterte ihm sein Haupt,
ehe ich von einem solchen Vorsatze feige wieder zu-
rückginge!

Wenn es aber nicht gelingt?

Nicht gelingt? Thue nur, was sein muß, erhebe
Du Deinen Muth bis zum höchsten Grade, das Ge-
lingen wird nicht fehlen. Der König ist vom langen
Ritt schwer ermüdet und wird tief schlafen. Seine
beiden Kämmerer betäube ich mit reichlich gewürztem
Wein. Dampfen soll ihr Hirn, Vernunft und Ge-
dächtniß ihnen schwinden. Liegen sie dann machtlos,
so ist der König gänzlich in unserer Gewalt! Uns
steht es dann frei, die Schuld von dem, was wir thaten, auf die Diener zu wälzen.

Eisern ist Dein Sinn, Weib! rief Macbeth; gebier
mir nur Söhne! Du meinest, wie ich merke, wir be-
nutzen die Dolche der Diener und besprengen das
Zimmer mit Blut?

Erkennest Du nun, wie leicht die That gethan
ist? Und wird unser lauter Gram über des Königs
Tod etwa gegen uns zeugen? —

Es sei! rief Macbeth. Ich bin bereit zur grausen
That. Komm', was wolle! Nun aber wieder zur
Tafel und unsere Absicht verborgen gehalten unter
täuschendem Schein!

5. Der Mord.

Tiefe Nacht war es. Von einem Fackelträger geführt, und begleitet von seinem Sohne, erschien Banquo in einem Bogengange des Schlosses. Macbeth kam mit einem Fackelträger auf dem Nebengange daher. Als ihn Banquo erkannte, sprach er: Noch auf? Ich komme vom Könige, der so eben sich zur Ruhe legte. Er war von seltener Fröhlichkeit und sandte große Gnadengelder an Eure Dienerschaft. Diesen Diamant sendet er seiner gütigen Wirthin, Euer Ehegemahlin.

Es thut mir leid, sagte Macbeth, daß wir nicht besser ihn aufzunehmen vermochten. Er mußte unsern Willen für die That nehmen. Wir waren unvorbereitet für einen solchen Besuch.

Es war alles herrlich! entgegnete Banquo. Dann nahe an Macbeth tretend, fuhr er fort: Gedenkst Du noch jener Unholdinnen? Mein Sinn ist noch immer bewegt von ihrer Erscheinung. Wunderbar, Euch sagten sie Wahres!

Macbeth wandte sich ab. Freund Banquo, sagte er, ich denke kaum noch daran. Es ist wohl am besten, wenn wir darüber zu anderer Zeit reden. Stehe Du fest zu mir, und es soll Dir Ehre zu Theil werden.

Wenn ich nicht Ehre verliere, indem ich sie zu mehren suche, entgegnete Banquo, und ich das Herz frei und die Pflicht rein mir halte, so wirst Du mich Deinem Rathe empfänglich finden. —

Beide wünschten einander gute Nacht und gingen. Als Macbeth sein Gemach betreten hatte, sandte er seinen Diener hinweg. Er war in der heftigsten Gemüthsbewegung. Empor starrend, meinte er plötzlich vor sich in der Luft einen blutigen Dolch schweben zu sehen, dessen Griff ihm zugekehrt war. Er wollte ihn ergreifen. Vergebens! Wie, rief er, schrecklicher Spuk, nur dem Auge bist Du erkennbar, der Hand aber entziehst Du Dich? Bist Du ein sichtbares Bild der Mordgedanken meines Hirns? Eben so deutlich wie diesen Dolch, den ich aus dem Gürtel ziehe, ebenso deutlich sehe ich Dich! Thöricht ist mein Auge! oder wäre es schärfer, als jeder andere Sinn? — Blutstropfen sehe ich am Kreuzheft, und doch war noch vor einem Augenblicke nichts daran zu sehen! — Weg ist das Bild! — Es war auch wohl nichts. Das Bild war nur erzeugt von dem blutigen Gedanken meines Hirns. Auf der halben Erde scheint jetzt die Natur todt zu sein; nur Nachtfalter flattern von Blume zu Blume umher, bösen Träumen gleich, die Menschenherzen berücken. Der bleichen Hekate schaurigen Dienst begeht die Herenzunft, Geheul des Wolfes verkündet dem hohlwangigen Mord, daß die günstige Stunde für ihn erschienen. Erde fühle nicht, wohin mein Fuß mich trägt! es möchten die Steine selbst es laut rufend verkünden, was ich that. — Noch lebt er, noch sind meine Gedanken nur ihm feindlich gesinnt. Horch der Glocke dumpfen Schall! Duncan, es ist

Deine Todtenglocke! Sie ruft, und bald geht dein Geist entweder in den Himmel oder in die Hölle!

Leise schlich sich Macbeth jetzt nach dem Zimmer des Königs.

Seine Gemahlin lauschte in ihrem Gemache auf jedes Geräusch. Sie hatte den Kämmerern des Königs den betäubenden Trank gegeben und war selbst auf dem Zimmer gewesen, um die Wirkungen desselben zu beachten. Wie todt lagen die Männer, ein tiefer Schlaf hatte sich auf den König gesenkt. Sie erhob den Dolch, um selbst die schreckliche That zu vollführen. Aber ein Blick auf das Angesicht des Königs schreckte sie zurück. Er glich im Schlafe ihrem verstorbenen Vater.

So war sie zurückgekehrt, und erwartete nun ihren Gemahl. Horch, rief sie, der Eule hohlen Schrei! Dunkan, es läutet Dir der Schicksalsglöckner ein gräßliches Ave.

Da sprang die Thür auf, und Macbeth kam in Hast ins Gemach. Es ist gethan, rief er in heftigster Aufregung. Dann auf seine Hände schauend, fuhr er fort: Oh, das ist ein trauriger Anblick!

Wie närrisch, so zu reden, sagte seine Gemahlin, indem sie ihre Hand auf seine Schulter legte.

Macbeth fuhr fort: Einer lachte im Schlaf, der Andere rief Mord, und so weckten sie einander. Still stand ich und lauschte. Da stammelten sie ihr Nachtgebet und schliefen wieder ein. Schütze uns Gott! rief der Eine, der Andere sprach sein Amen dazu. Es war, als sagte ihnen eine Ahnung, daß ein Mörder in ihrer

Nähe sei. Ich vermochte nicht Amen zu sagen, als einer betete! Gnade uns Gott!

Denkt nicht so tief darüber nach!

Warum vermochte ich nicht Amen zu sagen? Bedurfte ich doch der Gnade Gottes so sehr in diesem Augenblicke! Es blieb das Amen mir in der Kehle stecken.

Wollte man allen geschehenen Dingen so grübelnd nachdenken, so würde man toll. Ich bitte Dich, theurer Gemahl, laß das!

Ha, wüßtest Du, was ich in jenen Augenblicken vernahm. Es war, als hörte ich rufen! Erwacht! Macbeth mordet den unschuldigen, heiligen Schlaf, den Schlaf, der den Knäul der Sorgen entwirrt, und sie der Seele verbirgt, daß sie genesen kann, den Schlaf, der lindernd Oel gießt in die wunde Brust, — ihn ermordet Macbeth, ihn, des Lebens stärksten Nährer!

Mein Gemahl, was soll das Alles?

Wie ich Dir sage, es war mir, als riefe es im ganzen Hause: Auf, schlaft nicht mehr! Glamis hat den Schlaf gemordet! Darum soll Cawdor, soll Macbeth nicht mehr schlafen!

Wer rief denn also? Wie, mein Gemahl, wie magst Du doch von Einbildungen Deinen Muth also entnerven lassen! Nimm Wasser und schaffe dies verrätherische Zeugniß Dir von den Händen. Warum brachtest Du die Dolche? Sie müssen dort sein, wo die That geschah. Trage sie zurück und bestreiche die Kämmerer mit Blut.

Nimmermehr mag ich hineingehen! Schauder erfaßt mich, gedenke ich der That. Gehe Du hinein.

Wie schwach jetzt! Gieb die Dolche! Schlafende und Todte gleichen Gemälden, und wahrlich, das Auge ist kindisch, das sich von einem gemalten Gespenst schrecken läßt. Mit des Königs Blute färbe ich der Kämmerer Gesicht, auf daß der Schein noch mehr dafür ist, daß sie die That vollbracht, denn sie müssen als die Thäter gelten. —

Damit entfernte sich Lady Macbeth mit den blutigen Dolchen.

Macbeth fuhr empor, sprechend: Horch, wer klopft da? Jedes Geräusch schreckt mich. Dann starrte er wieder seine Hände an. Hinweg, rief er, damit ich euch vom Blute befreie. Und doch: Könnt ihr jemals wieder rein werden? Kein Wasser, ja auch nicht des Meeres unermeßliche Fluth könnte diese Hände wieder rein machen! Eh'r noch färbten alle Wasser sich purpurn, alles Grün der Erde sich roth von dieser Hand!

Seine Gemahlin kam zurück. Sich, sprach sie, nun tragen auch meine Hände Deine Farbe, für Schwach aber würde ich es halten, wenn mein Herz erbleichte wie Deines. Laß uns auf unsere Nachtzimmer gehen. Ein wenig Wasser, und wir sind gereinigt von dieser That! Sei Mann, und laß nicht ferner von feigherzigen Gedanken Dich berücken!

———

6. Am Morgen.

Der Morgen graute, im Ost färbte sich blutroth der Himmel. Da ward gegen das Thor des Schlosses gepocht. Der Pförtner erhob sich von seinem Lager, aber ehe er zum Thore ging, um es zu öffnen, begann er sein Morgenlied zu singen:

  Verschwunden ist die finstre Nacht,
Die Lerche schlägt, der Tag erwacht,
Die Sonne kommt mit Prangen
Am Himmel aufgegangen.
Sie scheint in Königs Prunkgemach,
Sie scheinet in des Bettlers Dach,
Und was in Nacht verborgen war,
Das macht sie kund und offenbar.

Wieder pocht es! sagte der Pförtner. Geduld da draußen! erst erlaubt mir, mein Morgenlied zu vollenden. Gut ist's allezeit, den Tag mit Gott zu beginnen. Ich hänge einmal fest daran: Es ist kein Geschäft so eilig als das Beten.

Er sang darauf wieder:

  Lob sei dem Herrn und Dank gebracht,
Der über diesem Haus gewacht,
Mit seinen heil'gen Schaaren
Uns gnädig zu bewahren.
Wohl mancher schloß die Augen schwer
Und öffnet sie dem Licht nicht mehr,

D'rum freue sich, wer neu belebt
Den frischen Blick zur Sonn' erhebt.

Nun erst öffnete der Pförtner das Thor.

Rosse und Macduff traten auf den Schloßhof. Ihr führet ja, sprach Rosse, eine so kräftige Posaune in Eurer Brust, daß Ihr ganz Schottland aus dem Schlafe wecken könntet.

Das könnte ich auch, Herr, entgegnete der Pförtner; habe ich doch auch ganz Schottland in der Nacht gehütet.

Wie? Ihr habt ganz Schottland gehütet?

Das ist leicht erklärt, sagte der Pförtner; bewachte ich in dieser Nacht nicht den König? Sehet, so darf ich sagen: Ich hütete ganz Schottland.

Das läßt sich hören, entgegnete Macduff. Und doch: den König hütete noch etwas Anderes. Seine Gnade und Milde! Dort kommt Macbeth. Unser Pochen hat ihn aufgeweckt.

Die Herren begrüßen einander; Macduff fragte, ob der König schon auf sei. Er trug mir auf, früh zu kommen, setzte er hinzu. Darauf gingen sie in das Schloß.

Rosse fragte, ob Duncan heute abreise, worauf Macbeth erwiederte, daß der König es also bestimmt habe.

Mylord, sprach Rosse, die Nacht war ungestüm. Neben unserm Lager brach der Schlot zusammen. Meine Diener wollen ein Aechzen, ein Todesröcheln in der Luft vernommen haben, wie auch Worte, als wenn sie von Prophetenstimmen gesprochen würden. Andere behaupten, die Erde habe gebebt.

Wahrlich, es war eine rauhe Nacht entgegnete Macbeth.

Jetzt kehrte Macduff zurück mit todtbleichem Angesichte. Gräßlich! Gräßlich! o entsetzlich! rief er.

Macbeth und Rosse fragten, was geschehen sei.

O grauenvolle That! Kann ein Herz dich fassen? eine Zunge dich nennen?

Aufs Neue wurde er bestürmt, zu sagen, was geschehen sei.

O! o! rief Macduff. Der schändlichste Verrath hat sein Meisterstück verübt. Kirchenschänderischer Mord brach in den Tempel und raubte das köstliche Leben! Gehet hinein und sehet selbst das Gräßliche; ich vermag nicht, es mit Worten zu bezeichnen!

Macbeth und Rosse eilten auf das Schloß.

Nun rief Macduff: Auf, auf: Ergreifet der Feuerglocke Strang! Auf, Banquo, Malcolm, Donalbain! Werft den Schlaf, des Todes Scheinbild, von Euch und schauet den wahren Tod! Wie aus Gräbern erhebet Euch, bereit, die Stirn dem Greuel zu bieten!

Der Feuerglocke durchdringender Ton weckte das ganze Haus. Lady Macbeth kam, ihr auf dem Fuße folgten Banquo mit Lenox und Angus.

Die Lady fragte, was geschehen sei, worauf Macduff entgegnete: O holde Lady, nicht für Euch taugt meine Post; tödten könnte ich Euch!

Sich gegen die Männer wendend, rief er mit erbrechender Stimme! Der König ist ermordet!

Macbeth's Gemahlin schrie entsetzlich auf, die edlen Herren standen starr vor Schrecken.

Jetzt kam Macbeth aus dem Schlosse. O, rief er,

o, hätten meine Augen sich eine Stunde zuvor für ewig geschlossen! Dann wäre ich als ein Glücklicher gestorben. Jetzt hat auf Erden für mich nichts mehr Werth. Alles, was mir sonst hoch und hehr war, gilt mir fürder nur als Tand. Todt sind Ruhm und Gnade. Der Wein ist hin, nur Hefe, Hefe blieb zurück! —

Auch die Söhne des Königs kamen und hörten mit Entsetzen, was geschehen sei. Sie fragten, wer das Gräßliche gethan habe.

Rosse entgegnete: Wie es den Anschein hat, vollbrachten die Kämmerer den Mord. Diese waren mit Blut bedeckt, auch lagen auf ihren Kissen ihre blutigen Dolche. Sinnlos waren sie, verwirrt sahen sie umher, so daß man nur mit Grauen sich an sie wagte.

Wie übel, daß Macbeth sie tödtete! sprach Macduff.

Wer vermag sich in jedem Augenblick vollständig zu beherrschen, entgegnete Macbeth. Auch ich bedaure jetzt, daß ich sie in blinder Wuth erschlug. Vielleicht wäre ein Geständniß aus ihnen zu erpressen gewesen, und wir hätten die Anstifter ihrer That kennen gelernt. Doch die Hast der heftigen Liebe überbot die zögernde Vernunft. — Ich fand den edlen König — seine Brust von Dolchen entstellt, zerrissen! — Wer, der dieses sah, und ein Herz voll Liebe zum Könige und voll edlen Muthes hatte, konnte dabei thatlos bleiben und sich gebieten!

Lady Macbeth that jetzt, als würde sie ohnmächtig. Es sprangen Einige hinzu, die sie hinwegführten. Macbeth folgte ihr.

Die beiden Söhne des Königs blieben zurück.

Bruder sprach Donalbain, laß uns hinweg von hier! Der unsichtbare Feind, der unsern Vater schlug, er zielet wahrlich auch nach uns!

Ja, entgegnete Malcolm, wir dürfen hier unsern Schmerz nicht ausweinen. Darum stimme ich Dir bei: Hinweg von diesem grausen Ort! — Der Mörderpfeil, der unsers Vaters theure Brust durchschoß, — er fliegt noch und erreicht auch uns, wenn wir noch länger zögern. Zu Pferde! —

In derselben Stunde noch flohen Beide.

Nun ließ Macbeth aussprengen, die eigenen Söhne seien die Mörder des Vaters gewesen, ihre Flucht zeuge wider sie.

Die Edlen des Reiches traten zusammen, erklärten die Prinzen Malcolm und Donalbain für Feinde des Staates. Darauf ließ Macbeth sich zum Könige von Schottland ausrufen.

7. Die Mörder.

Auf dem königlichen Schloß zu Fores residirte jetzt Macbeth.

Banquo erschien heut im Schlosse. Macbeth, sprach er bei sich, jetzt hast Du alles, was die Zauberschwestern Dir verhießen. Ich fürchte, Du spieltest ein schändliches Spiel darum! Wurde nicht aber prophezeit, daß die Königsehren nicht Deinem Hause verbleiben sollten? Ich sollte Wurzel und Vater einer Reihe von Königen sein. Sprachen jene Dir Wahrheit — weshalb sollte nicht auch mein Gruß sich erfüllen?

Er trat in den Saal, wo er Macbeth und die Gemahlin desselben, Beide angethan mit königlichem Schmuck, traf. Edle Herren und unter diesen Rosse, Angus, Lenox, befanden sich bei dem königlichen Paar.

Macbeth empfing Banquo mit großer Huld und lud ihn ein, heut Abend bei dem Feste im Schloß zugegen zu sein. Banquo nahm die Einladung an, bemerkte aber, daß er wohl erst spät würde erscheinen können, da ihn eine dringende Angelegenheit nach seiner Burg rufe.

Wir hätten sonst Wichtiges mit Euch zu reden gehabt, sprach Macbeth. Das sparen wir nun bis morgen. Wie wir hören, flohen unsere blutigen Vettern, die Mörder des besten Vaters und Königs nach Irland und nach England. Sie leugnen frech den grauenvollen Mord und erfüllen der Leute Ohr mit erfundenen Mährchen. Doch auch davon morgen, wie auch von andern wichtigen Angelegenheiten, die das Wohl des Landes betreffen. Reitet Euer Sohn Fleance auch mit Euch?

Nachdem Banquo das bejahet hatte, beurlaubte er sich sogleich mit seinem Sohne.

Gegen die Uebrigen gewandt, sprach nun Macbeth: Ein Jeder sei bis Anbruch der Nacht Herr seiner Muße. — Wir wünschen bis dahin allein zu sein, weshalb wir in Gnaden Euch entlassen.

Die also Angeredeten begaben sich hinweg.

Jetzt fragte der König einen Diener, ob die beiden Männer, die er ihm bezeichnet habe, sich am Thore eingefunden hätten. Der Diener bejahete es, worauf ihm Macbeth befahl, die Männer herbei zu führen.

Sicher muß ich mich wissen, sprach er vor sich hin, wenn ich mich glücklich fühlen soll! Die Banquo-Furcht aber steckt mir im Gebein! In seiner königlichen Seele herrscht etwas, das ich fürchten muß. So muthvoll ist er, daß er vor nichts erschrickt, und seinem Muthe wohnt eine seltene Klugheit bei. Keinen als ihn fürchte ich. In seiner Nähe fühlt mein Geist sich gedrückt, und ich athme erst wieder auf, wenn er hinweg ist. So beugte sich Antonio nach der Sage vor Cäsars Genius. Und wie heftigen Sinnes er die Zauberschwestern schalt, nachdem sie mich als König grüßten, und sie zu reden aufforderte. Prophetisch nannten sie ihn Stamm einer Königsreihe. Mir gaben sie eine todte Krone, einen blüthenlosen Scepter. Ist's also, so hätte ich für seine Nachkommen mein Herz arg befleckt, hätte für sein Geschlecht den gnadenreichen Duncan getödtet, meinen Frieden hingemordet, und mein unsterbliches Juwel dem Urfeind der Menschheit geopfert: Für ihn, für sein Geschlecht! Ehe dieses geschieht, stelle ich mich dem Verhängniß in die Schranken und ringe bis auf den Tod mit ihm!

Die beiden Männer kamen. Es waren Mörder, die Macbeth zu einer neuen grauenvollen That ersehen hatte. Den Diener sandte er hinweg; dann sprach er zu den Mördern: Nun, Ihr Männer, dachtet Ihr der Worte nach, die ich Euch sagte? Ihr wisset es nun, daß nicht ich, sondern Banquo Euch im Wege stand, so daß Ihr nicht vorwärts kommen konntet.

Ja, Herr, Ihr habt uns davon überzeugt.

That ich's nicht? Nun sprechet: Habt Ihr Lammesblut im Herzen, daß Ihr so arges Thun ungeahndet hingehen lassen möchtet? Könntet Ihr gar beten noch für den, der boshaft Euer Glück unter seine Füße trat?

Herr, wir sind Männer!

Ja, aber von welcher Art? Ihr lauft auf den Namen mit. So etwa, wie Spitz, Dachs, Windspiel — wie sie alle den Namen Hund führen. Und doch, wie unterscheiden sie sich von einander! Auch da giebt es nach der Tüchtigkeit eine Rangordnung. Wie steht es nun mit Eurem Männernamen? Gehört Ihr nicht der schlechtesten Rangordnung an, so beschließet, blutige Rache an Eurem Feinde zu nehmen!

Der erste Mörder entgegnete: So harte Schläge

und Stöße empfing ich auf der Welt, daß ich zu jeder trotzigen That bereit bin.

Macbeth fuhr fort: Euer Feind ist auch der meine, und das in einem Maße, daß jede Minute seines Daseins mir Gift in meine Seele träufelt. Ich hätte ihn öffentlich ergreifen und kraft königlicher Gewalt können tödten lassen, doch unterließ ich's einiger Freunde wegen, die auch ihm wohlwollen. Ja, ich muß, dem Gebote der Klugheit folgend, sogar den öffentlich beklagen, den ich selber schlug. Darum bedarf ich Eures Armes.

Wir erwarten Deinen Befehl, entgegnete der erste Mörder; der zweite sagte: Und mag selbst unser Leben bei der That auf dem Spiele stehen, so ....

Eure Kühnheit blitzt hervor! unterbrach Macbeth Ich rechne jetzt fest auf Euch. Banquo kehrt diesen Abend zurück. Im Walde mag die That geschehen, doch etwas fern vom Schloß. — Sein Sohn Fleance begleitet ihn. Auch er muß fallen. Habt Ihr mich verstanden? — Nun so geht, ich zahle Euch die That!

Die Mörder verließen den König. Nun, Banquo, sprach dieser, lebtest Du so, daß Du Dir den Himmel verdient hast, so gehe Du heut in denselben ein!

8. Eine Unterredung.

Lady Macbeth kam. Warum so allein, mein Gemahl? sprach sie. Warum stets noch beschäftigt mit jenen traurigen Gebilden? Gestorben sollten Eure angstvollen Gedanken sein und bei Duncan im Grabe ruhen. Dingen, die nicht ungeschehen zu machen und die nicht zu ändern sind, soll man den Rücken kehren. Was geschehen ist, ist geschehen.

Verwundet ward die Schlange nur, nicht getödtet! entgegnete Macbeth. Heilt die Wunde, so wird sie nur noch schreckbarer für uns. Doch ehe mag der Bau der Welt in Stücke brechen, ehe ich mich freiwillig dazu verdamme, die Tage ohne Lust zu genießen und die Nächte unruhvoll zu vollbringen! Da wären ja die Todten zu beneiden! Ich ertrag's nicht länger, auf der Folterbank zu liegen. Duncan ruht nach des Lebens bangem Traume. Kein Feind blieb ihm. Krieg von Außen, Verrath im Innern, Treubruch der Freunde, häusliches Ungemach — nichts von Allem quält ihn mehr.

Welche Betrachtungen, mein Gemahl! Lasset wieder hell werden Eure Seele und Euer Angesicht! Heiter schauet darein, heut beim Abendschmause!

Ich thue es, und auch Du blicke heiter. Auch spare die süßen Worte nicht. Noch erheischt es die

Zeit, daß wir gegen unsern Willen uns mit süßem Kosen herablassen.

Genug davon nun, mein geliebter Herr!

O, wie ist meine Seele mit Scorpionen erfüllt! Banquo lebt und auch sein Sohn!

Doch wer von Beiden ist gegen den Tod gefeit? Sollte es Dich nicht beruhigen, daß sie Beide sterblich sind?

Ja, das allein ist mein Trost. Darum fröhlich geschaut! Das wisse: Ehe noch die Fledermaus den klösterlichen Flug vollendet und der hornbeschwingte Käfer in dumpfen Tönen ausläuten wird die Nacht .... Was soll geschehen? Was ist's?

Eine That des Schreckens. — Doch weiter forsche nicht. Bleib' schuldlos durch Unwissenheit. Komm, finstere Nacht, und schließe des Tages freundlich blinkendes Auge, damit die That geschehen könne, die mir Ruhe schaffet! Sieh', schon verschleiert sich die Luft Der Abend sinkt und Scharen krächzender Dohlen fliegen dem finsterblickenden Walde zu. Bald schließen sich die Augen aller Taggeschöpfe und es erheben sich dann aus ihren dunkeln Verstecken die Mörder der Nacht. Staunend blickest Du mich an? — Sprich nichts! Wie wir begannen, müssen wir fortfahren. —

9. Die Erscheinung.

Im erleuchteten Königssaale stand das Mahl. Macbeth hieß die Lords willkommen und bat sie, nach der ihnen bekannten Rangordnung Platz zu nehmen. Es geschah. Wir selber, sprach Macbeth, wollen bald hier, bald dort in der Gesellschaft sein, um die Pflichten des Hauswirths, wie sich's gebührt, zu üben.

An der Thür des Saales erschien einer der Mörder. Macbeth sagte zu den Gästen: Ich kehre sogleich zurück. Trinkt indeß eins herum! — Den Mörder hierauf bei Seite führend, sprach er: Dein Angesicht sagt mir, was geschehen ist. Banquo fiel?

Ich zerschnitt ihm die Kehle.

Du bist der beste Kehlabschneider im ganzen Lande. Aber zu loben ist auch der, der an Fleance dasselbe that. Warst Du es, so ist Dein Werth dadurch um Vieles gestiegen.

Fleance entwischte uns.

Das macht mich wieder krank. Und ich fühlte mich doch plötzlich so fest wie Marmor und so frei und unangreifbar wie wehende Luft. Jetzt liege ich wieder in den Banden neuer Angst. — Doch Banquo fiel?

In einem Graben liegt er mit zwanzig klaffenden

Wunden am Haupte, Herr. Vor ihm seid Ihr sicher!

Habe Dank! Die große Schlange starb, und der Wurm, der entfloh, hat jetzt noch keine Zähne. Wir reden morgen mehr darüber!

Damit verabschiedete Macbeth den Mörder und trat seiner Gemahlin entgegen, die sich von ihrem Thronsessel erhoben hatte, um zu ihm zu gehen und mit ihm zu reden. Mein König, sprach sie, Ihr vergesset Eure Pflicht als Gastgeber. Nöthigen müßt Ihr die Gäste, des Mahles zu genießen. Versäumt ihr dies, so ist Allen das Fest, als wäre es bezahlt. Sattessen kann man sich zu Hause auch. Doch von dem Gastgeber erwartet man als schönste Würze Höflichkeit und freundliches Gespräch.

Wohlgesprochen, liebes Weib, entgegnete Macbeth.

An die Lords sich darauf wendend, sprach er: Es bekomm Euch wohl, geliebte Gäste!

Rosse bat den König an der Tafel Platz zu nehmen. Neben Rosse's Sitz stand der Sessel des Königs.

Freude erfüllt mein Herz, sprach Macbeth, daß ich die Zierden meines Reichs beisammen sehe. Nur unser edler Banquo fehlt.

Wieder bat Rosse den König, seinen Sitz einzunehmen. Als nun Macbeth sich dem Sessel näherte, ward ihm ein furchtbarer Anblick. Ihm war, als sähe er den gemordeten Banquo auf seinem Platze sitzen. Blutig waren ihm Haupt und Brust, geisterhaft seine Züge, entsetzlich starr sein Blick.

Niemand sonst im Saale nahm etwas von der Erscheinung wahr.

Voll Entsetzen rief Macbeth: Die Tafel ist voll! —

Rosse zeigte auf des Königs Sessel, indem er sprach: Hier mein gnädiger Herr, hier ist Euer Platz. Doch wie starret Ihr? Was bewegt Eure Hoheit?

Der König rief: Wer that mir das?

Alle fragten erstaunt, was geschehen sei.

Todtenbleich war Macbeth's Angesicht geworden, heftig bewegte sich seine Brust, als er rief: Wie kannst Du sagen, daß ich es that? Nein, schüttle nicht Deine blutigen Locken gegen mich!

Dem König ist nicht wohl, Ihr Herren, sprach Rosse, lasset uns von hinnen gehen!

Nein, nein, versetzte die Königin, bleibt! Solchen Anwandelungen ist der König oft unterworfen, — es ging ihm von Jugend auf so. Behaltet Eure Plätze, und thut, als wäre es nichts. In wenigen Minuten ist alles vorüber. Aber ich bitte Euch, werthe Herren, schaut ihn nicht so an, denn das bringt ihn noch mehr auf. Am Besten ist's, Ihr thut, als sei nichts geschehen.

Indem die Lords nun, dem Worte gemäß, wieder nach Speise und Trank griffen, und dabei mit einander laut sprachen, führte die Lady ihren Gemahl ein wenig von der Tafel hinweg. Seid ein Mann! sprach sie.

Wahrlich, ich bin es, entgegnete Macbeth, und dazu einer, der da furchtlos schauen würde, was selbst den Teufel schreckt.

O vortrefflich, mit solchem Zeuge sich abzugeben. Es ist mit dem, was Ihr sahet, gerade wie mit dem Dolche, der Euch vorschwebte. Bilder des erhitzten Hirns, nichts weiter. Solch thörichtes Gebahren paßt in ein Märchen, das die Großmutter am Kamine erzählt. Was zerrst Du das Gesicht? Was ist da? Ein Stuhl, nichts weiter!

Nein, nein! Ich bitte Dich, schaue hin! Sieh, er nickt. Ha, kannst Du das, so rede auch! Ha, schickt der Kirchhof seine Bewohner zurück, so wäre es ja besser, im Bauche des Geiers begraben zu werden. Jetzt ist er weg.

O mein Gemahl, wie durftet ihr der Mannheit so ganz vergessen!

So war ich lebe, ich sah ihn!

O schämet Euch!

Blut ward zu allen Zeiten vergossen. Früher aber starb der Mann, wenn das Gehirn ihm ausgeschlagen war. Doch jetzt stehen sie mit zwanzig Todeswunden am Haupte und mit durchschnittener Kehle wieder auf und treiben uns von unsern Stühlen!

Die Lady hatte sich wieder auf ihren Thronsitz begeben. Sie kämpfte die tödtliche Angst, daß ihr Gemahl sich verrathen werde, nieder, und lud ihn mit heiterem Angesicht und süßklingenden Worten ein, doch nun auch wieder der lieben Gäste zu gedenken.

Ja, ich vergaß mich, entgegnete Macbeth. Werthe Freunde, laßt Euch mein Thun nicht irren, das einer Krankheit entstammt. Wer oft um mich ist, gewöhnt sich bald daran.

Er trat zur Tafel — seinem Stuhle gegenüber — erhob einen goldenen Pokal, der mit perlendem Wein gefüllt worden war, und sprach: Ich trinke auf Euer Wohl, meine theuren Gäste und auf das Wohl des edlen Banquo! Wäre er doch zugegen!

Bei diesen Worten wandte er sich nach dem Sessel um, und wieder sah er die Erscheinung.

Da ward ihm, als ob ihm alles Blut zu Herzen getrieben würde, und mit fürchterlicher Geberde rief er: Hinweg aus meinen Augen! Mög' die Hölle Dich begraben! Kalt ist Dein Blut, erstorben das Mark in Deinem Gebein. Was glotzest Du mich an mit Augen, die ihr Licht verloren haben!

Wiederum suchte die Lady die Gäste zu beruhigen, indem sie zugleich die Bitte wiederholte, ihre Blicke und ihre Aufmerksamkeit von ihrem Gemahle abzuwenden.

Ich wagte, was Einer wagt! fuhr Macbeth in seiner heftigen Erregung fort. Erscheine in der Gestalt eines zottigen Bären, des grimmigen Tigers, des lippenlosen Nil-Ungeheuers — ich stelle mich Dir. Oder sei wieder ganz was Du warst, — ein Mensch, wie ich, und wenn ich mich dann weigere mit Dir auf Tod und Leben zu kämpfen, so schilt mich eine Memme. Nur so nicht! Hinweg furchtbares Schreckbild! Ha, nun ist's verschwunden, nun fühle ich mich wieder als Mann!

Die Gäste brachen auf. Lady Macbeth begleitete sie hinaus. Als sie zurückkehrte fragte sie den Gemahl, warum Macduff nicht gekommen sei.

Ich traue ihm nicht, entgegnete Macbeth. Doch

erfahre ich bald, woran ich bin, denn ich habe, wie bei allen Thaus, auch in seinem Hause bezahlte Diener. Morgen geh' ich hinaus zu den Schicksalsschwestern.

Sie müssen mir die Mittel angeben, die meine Macht befestigen. Ich thue Alles, was mir nützt. So weit bin ich nun schon in den Strom des Blutes hinein gestiegen, daß Umkehren und Weitergehen mir gleich gefährlich scheint. Ich gehe weiter. Manches spukt mir im Kopfe umher, das schnell gethan sein will.

Es fehlt Euch jetzt des Leibes beste Würze — Schlaf.

Komm, wir wollen ruhen. Neulingsfurcht war, was mich quälte. Wir sind noch jung an Thaten! —

10. Die Höhle.

In einer weiten dunklen Höhle, in deren Mitte ein Kessel über dem Feuer stand, erschienen unter Donner und Blitz die drei Hexen.
Die erste Hexe sang mit kreischender Stimme:
>Um den Kessel schlingt den Reih'n!
>Werft die Eingeweid' hinein!
>Kröte Du, die schlafend lag
>Einunddreißig Näch(t)' und Tag';
>Schwitzend Gift im kalten Stein,
>In den Topf zuerst hinein!

Die zweite Hexe sang:
>Schlangen, die der Sumpf genährt
>Kocht und zischt auf unserm Herd!
>Froschzahn thun wir auch daran,
>Fledermaushaar, Hundezahn,
>Otterzungen, Stacheligel,
>Eidechspfoten, Eulenflügel,
>Daß der Zauber uns gefalle,
>Höllensuppe, zisch' und knalle!

Alle drei sangen, den Kessel umspringend:
>Alle, alle mischt am Schwalle,
>Feuer brenn, und Kessel walle!

Zwerghafte Geister erschienen und rührten in dem Kessel.

Die dritte Hexe rief: Jucend sagt es mir mein Daumen, daß etwas Böses sich naht. Thor springe auf!

Da sprangen mit lautem Schall zwei Thorflügel auf und Macbeth stand den Hexen gegenüber.

Was beginnt Ihr, Zauberboten? Sprecht! was schafft Ihr da? fragte er.

Sie antworteten: Ein namenloses Werk!

Macbeth fuhr fort: Bei Eurem Meister beschwör' ich Euch, antwortet mir auf meine Fragen.

Die erste Hexe rief: Erscheine, erscheine!

Ein Donnerschlag erschütterte die Höhle, aus dem Kessel erhob sich ein bewaffnetes Haupt.

Macbeth wollte die Erscheinung anreden. Eine der Hexen aber verbot ihm das durch eine Geberde, indem sie zugleich sprach:

Was Du fragen wolltest, ist ihm kund.

Da vernahm Macbeth aus dem Munde der Erscheinung die Worte:

Macbeth, Macbeth, hüte Dich vor Macduff!

Das Haupt versank langsam.

Wieder erdröhnte ein Donnerschlag und ein blutiges Kind erhob sich aus dem Kessel. Es rief:

Macbeth, Macbeth, sättige Dich mit Blut! Verlache Deiner Feinde Grimm!

Zum dritten erschien ein gekröntes Kind mit einem Baumzweige in der Hand.

Es sprach: Sei ein Leu! Scheue Keinen! Zermalme die, die knirschend drohen! Denn wisse: Unüberwunden bleibst Du, bis der Birnamwald stürmend vom Hügel gegen Dich herabrückt!

Das gekrönte Kind verschwand.

Ha, rief Macbeth, das wird nimmer geschehen! Der Birnamwald wird nicht gegen mich rücken!

So bleibe ich unüberwunden! Doch noch saget mir: Wird Banquo's Stamm jemals die Krone tragen?

Forsche nicht weiter! rief in warnendem Tone die Hexe.

Ja, ich will es wissen. Versagt ihr mir die Antwort, so seid verflucht auf ewig!

Mit furchtbarem Gepraſſel ſank der Keſſel in den Boden hinein.

Die Hexen riefen: Erſcheinet, Schatten! Erſcheinet! Erſcheinet!

Eine Königsgeſtalt ſchritt im Halbdunkel vorüber, das Geſicht glich dem des Banquo. Noch ſieben ähnliche Geſtalten ſah Macbeth kommen und dahinſchwinden, die achte Geſtalt hielt ihm einen Spiegel entgegen.

Heilloſe Hexen, rief Macbeth, weshalb zeigt Ihr mir dies? So viele ſollen folgen aus dem mir verhaßten Stamm? Und in dem Spiegel ſah ich noch eine ganze Reihe! Ha, ich erkenne Dein Geſicht, blutbeſpritzter Banquo! Wie er mich angrinzt, wie er höhnt und zeigt auf alle die Seinen!

Ein Sauſen und Brauſen entſtand, die Hexen verſchwanden, und Macbeth befand ſich plötzlich mitten auf einer dürren Haide.

11. Malcolm und Macduff.

Macbeth ließ den Than Macduff an seinen Hof laden. Dieser aber, der von des Königs bösen Absichten gegen ihn genau unterrichtet war, floh nach England. Dorthin war auch Malcolm, Duncan's ältester Sohn, dem die Krone von Schottland rechtmäßig zukam, geflohen. Ihn, der an dem Hofe des Königs von England lebte, suchte Macduff auf, um ihn zu mahnen, seine Königsrechte wahrzunehmen und den verrätherischen Macbeth zu vertreiben. Wie wüthet dieser Teufel in Eurem Erbe, sprach Macduff. Täglich mehren sich im Lande die Wittwen und Waisen durch sein rucbloses Thun. Sein Mißtrauen schafft dem Richtschwerte Arbeit ohne Unterlaß.

Malcolm vermochte nicht sogleich Vertrauen zu Macduff zu fassen. Der Umstand, daß er Weib und Kind in Macbeth's Gewalt zurückgelassen hatte, schien gegen ihn zu sprechen. Malcolm deutete darauf hin.

Auf's Tiefste erschüttert, entgegnete Macduff:

Wenn die Nebel der Tyrannei so verwüstend wirken, daß selbst Euer Herz voll Mißtrauen gegen Männer erfüllt ist, die stets treu an Ehre und an Eurem Stamm hingen, dann stirbt meine Hoffnung für die Erlösung meines armen Volkes: Lebt wohl, Prinz!

Nicht so eilig, Macduff! Meine Sicherheit trieb mich zu weit. Ich weiß es, wie mein armes Volk unter der Henkershand Macbeth's seufzt. Auch steh' ich nicht so rathlos da, als Du meinen magst. England beut mir tausend Mann, und wenn ich komme, würden Tausende zu mir strömen. Aber wenn ich selbst den Räuber meines Erbes tödte, so wird, fürchte ich, durch die Laster des Nachfolgers das Land noch Schlimmeres zu erleiden haben, als jetzt.

Mein Prinz, wie soll ich mir dies deuten? fragte Macduff.

Ich selbst, als Macbeth's Nachfolger, würde dem Lande noch mehr Unsegen bringen. Denn wisse nur, daß, wenn die Keime des Lasters, die ich in mir trage, sich entfalten, Macbeth gegen mich schneeweiß dastehen würde! Ich habe mich geprüft und erkannt, daß ich alle die Laster an mir habe, die ihn so arg entstellen.

Herr, Ihr gehet zu weit, sprach Macduff, die Fehler, die Ihr habt, werden gewiß zehnfach durch Tugenden aufgewogen.

Nein, Macduff, nein! Alle die edlen Gaben, die gute Könige zieren, habe ich nicht. Gerechtigkeit, Wahrhaftigkeit, Enthaltsamkeit, Geduld, Demuth, Güte, Frömmigkeit, Herzhaftigkeit, Großmuth — von allen diesen findet sich auch nicht ein Keim in meiner Brust. Kaum glaube ich, daß es jemals einen Menschen gab, in dem so viel Böses zusammenfloß, als bei mir. Äße ich die Macht, ich gösse der Hölle Zwietracht ie Menschheit, ja, ertränkte sie in Blut!

Verzweifelnd empor schauend rief Macduff: O armes Vaterland! — Dann sich zu Malcolm wendend sprach er: Seid ihr also geartet, dann freilich verdient ihr nicht einmal zu leben! O Schottland, Schottland! Thränen stürzten ihm aus den Augen, und er wandte sich zum gehen.

Nun warf sich Malcolm ihm an die Brust, gestand ihm, daß er ihn nur habe prüfen wollen und theilte ihm darnach mit, daß alles Nöthige zu einem Einfall in Schottland eingeleitet sei.

An demselben Tage noch erhielt Macduff eine entsetzliche Nachricht. Macbeth hatte sein Schloß stürmen und ihm Weib und Kind tödten lassen.